Ma petite Ninon.

J'espère que ce livre te donnera goût à la lecture.
Fais un effort et essaie de le lire.

Je te fais plein de bisous.

Ta mamie

Danielle

Vivant

HORS-SÉRIE

« Il n'y a pas d'étrangers sur cette terre »
est un slogan de la Cimade, une association
de solidarité active avec les personnes
migrantes, réfugiées et demandeuses d'asile.
Pour découvrir leurs actions,
agir ou faire un don : www.lacimade.org

ISBN : 978-2-74-852532-8

25, avenue Pierre-de-Coubertin, 75013 Paris

Loi n° 49-956 du 16 juillet 1949
sur les publications destinées à la jeunesse,
modifiée par la loi n° 2011-525 du 17 mai 2011.

Mise en pages : DV Arts Graphiques à La Rochelle
N° éditeur : 10240118 - Dépôt légal : janvier 2018

ROLAND FUENTÈS

Vivant

SYROS

Pour Rami Anis et Yusra Mardini

« Il n'y a pas d'étrangers sur cette terre. »

On fuit bien avec les Running XB 500. Un amorti impeccable, une adhérence adaptée aux reliefs irréguliers. Sous la plante du pied, relayant l'action musculaire, le gel Sentoprène garantit une tonicité optimale.

Mais la chaussure ne serait rien sans le coureur. Et celui qui progresse actuellement à flanc de colline est un athlète remarquable. On peut penser qu'en baskets plus ordinaires, voire en souliers de ville, il se déplacerait aussi très vite. On peut même imaginer qu'à la qualité du matériel et à la maîtrise du mouvement s'ajoute un autre motif : la volonté. Et cette volonté se concentre autour d'un seul mot. Fuir.

Oui. Vraiment. On fuit bien avec les Running XB 500.

C'est ce que pourrait constater, dans d'autres circonstances, ce garçon de dix-huit ans que ses longues foulées, très fluides, propulsent à une vitesse prodigieuse sur le chemin bordé d'argéras et de rocaille. Au-dessus de lui, des falaises blanches s'appuient contre le ciel d'azur. Au-dessous, par deux cents mètres d'un à-pic vertigineux, la mer. Une étale aux reflets émeraude qui, si le coureur venait à tomber, adopterait la consistance du béton.

En dépit du danger, comme par un réflexe inconscient, le regard du garçon enregistre les mille détails du paysage. La mouette qui vient de se poser, là-bas, sur un rocher, le petit chêne accroché au bord de la falaise, et le bleu très sombre de la mer, vers le large, qui succède aux zones plus claires du rivage. On pourrait y voir une manière de dire adieu à toutes ces choses, car, il le sait, son poursuivant n'a d'autre intention que celle de le tuer.

Parfois, une ride se creuse sur son front. Alors, cette tête qu'il tient si droite pivote à cent quatre-vingts degrés vers l'arrière, et, le temps d'un bref coup d'œil, fixe un point qui avance dans la même direction que lui, à environ deux cents mètres.

Peut-être moins.

Ce point qui avance est un autre coureur. Lui aussi porte, dans une gamme encore supérieure, des chaussures adaptées au relief irrégulier. Le vendeur qui les lui a conseillées, voici quelques semaines, lui a assuré amorti et stabilité. De fait, chaque foulée projette ce deuxième coureur vers l'avant, comme une balle.

Si l'on analyse la foulée de ce garçon-là, à peine plus âgé que le premier, on décèlera des nuances. Elle est moins fluide, plus nerveuse, et néanmoins terriblement efficace. À certains moments, la distance entre eux diminue. Cent soixante-dix mètres. Cent soixante. Jamais moins. Car alors son cœur s'accélère, son souffle devient plus saccadé. De nouveau la distance augmente. Cent soixante-dix mètres. Cent quatre-vingts.

L'expression de son beau visage, durci par les humeurs qui infusent en lui, nous apprend que même sans les chaussures conseillées par le vendeur, ce garçon courrait lui aussi très vite. Car la force qui lui permet d'avancer dépasse les prouesses techniques en matière de caoutchouc. Ce qui le porte vers l'avant, à la poursuite de cet autre garçon à la foulée si fluide, c'est la haine.

Là-haut, la silhouette du premier se découpe sur le bleu du ciel. D'où il se trouve à présent, il embrasse une portion du paysage encore plus grande. Plusieurs calanques déploient ici leurs contours sinueux, quelques îlots de calcaire blanc sont postés devant le large, tels des animaux marins endormis, et au loin, dans la brume de mer, on distingue la masse blanche d'un ferry lancé à pleins moteurs vers la Corse, ou l'Italie.

Brusquement, le coureur se retourne, il écarte les bras. Il ressemble à un albatros suspendu entre ciel et mer, ses yeux sont fichés dans ceux de l'autre, ses lèvres s'entrouvrent. Trois mots déchirent le silence :

– Tu vas mourir.

Lucas

En général, j'ai l'ouïe fine. Et surtout, je reconnais très bien les voix. Quand on a entendu le cri, je me souviens que j'ai trouvé ça illogique. Parce qu'Elias ne pouvait pas dire ça. On l'en savait tous parfaitement incapable.

Celui qui nourrissait des intentions meurtrières, c'était Mattéo. Mattéo qui, depuis le début de la poursuite, et malgré nos efforts pour l'en empêcher, avait décidé de tuer Elias. Peu lui importait ce qui se passerait ensuite : l'arrestation, la prison très certainement, sa jeune vie bousillée. Mattéo était entré dans une dimension où plus rien n'a d'importance, excepté le but. Une dimension où la vie devient fatale.

Pourtant, aussi inexplicable que cela paraisse, c'est Elias qui a crié : « Tu vas mourir. »

Je pense que les autres l'ont entendu aussi, même s'ils se trouvaient en retrait par rapport à moi. Malgré les apparences, ce n'était pas un cri de menace. Ça ne signifiait pas : « Je vais te tuer. » C'était plutôt une mise en garde, presque une supplique : « Tu vas mourir… si tu continues comme ça. » Voilà comment je l'ai compris. Hélas, si Mattéo l'a compris de la même façon, ce genre de phrase ne pouvait pas le calmer. Au contraire.

Quand ils ont détalé, j'ai essayé de suivre. Les autres aussi, mais avec quelques secondes de retard. Je suis peut-être le seul à avoir vu le couteau dans la main de Mattéo. Je me suis dit qu'il fallait que je le rattrape dans les cent premiers mètres, parce qu'après, avec son endurance de champion, Mattéo me mettrait minable. Hélas, cette fois-ci, dès les cent premiers mètres, il m'a tout bonnement laissé sur place.

Si j'ai pu l'accrocher hier, en remontant de la calanque, c'est parce qu'il taquinait Salomé, la jolie liane rousse qui tient son cœur. Autrement, je n'aurais jamais pu courir aussi vite que lui. Ni comme Elias, bien entendu.

Dès le début du « stage », il a été bien clair que ces deux-là nous écrasaient tous. Course à pied, natation, escalade... Ils nous surclassaient dans chaque discipline.

Même au bras de fer ! Hier, Mattéo nous a pliés en deux, l'un après l'autre. Quant à Elias...

C'est à partir de là, je crois, que les choses ont vraiment dégénéré. À partir du bras de fer.

Camille

C'est Salomé qui avait trouvé le gîte. Un ancien centre de vacances, au milieu des pins, à l'est de Marseille. Comme il est interdit de construire du neuf dans le parc national des Calanques, pour préserver le paysage, les bâtiments anciens demeurent des denrées rares, ou tombent en ruine. Cette baraque-là, elle appartenait à la catégorie des beaux bâtiments qui, lentement mais sûrement, se délabrent.

Le propriétaire la louait encore vaguement à des copains, ou à des amis d'amis, en leur conseillant la prudence. Les planchers, la toiture... Pour le prix, on ne pouvait rien dire. La situation était idéale : un point de vue grandiose sur la grande bleue, et la première calanque à neuf cents mètres, pour peu qu'on accepte de dévaler un éboulis assez scabreux.

– N'oubliez pas d'apporter vos masques et vos palmes ! avait averti Salomé. Il y a des fonds exceptionnels par ici. Des poissons, des coraux, des étoiles de mer !

– Et vos baskets, évidemment, avait complété Mattéo. Histoire de dompter un minimum le terrain environnant.

Lucas, Mattéo et moi, on connaît bien le coin. On loge tous les trois sur le campus de Luminy, à une heure de marche d'ici. En pleine nature, au bout du bout de Marseille, à l'endroit où les derniers morceaux de ville se perdent dans la garrigue. On court comme des chèvres dès qu'on a un moment. Depuis la cité U, en cinquante minutes à pied, on est à Sugiton, notre calanque préférée : des eaux turquoise baignant le pied de falaises blanches et rousses, avec des petits îlots de roche calcaire posés sur l'eau.

Ma chambre se situe au même étage que celle de Lucas, celle de Mattéo à l'étage supérieur. Mon école d'architecture est juste à côté, tout comme l'UFR STAPS, où ils étudient tous les deux pour devenir profs d'EPS.

Habiter ici, c'est génial. On a tout sur place : les cours, les collines, et la grande ville à deux pas, avec ce qu'il faut comme sorties culturelles et, bien sûr, pour faire la fête. Même si, concernant ce dernier point, on savoure davantage l'idée que sa réalisation : comme on rentre à La Ciotat presque tous les vendredis, on est surtout à Luminy pour bosser. À part une virée en boîte les rares week-ends où on reste là, on ne connaît presque rien du centre de Marseille. Mais je parie que beaucoup d'étudiants nous envieraient ce cadre exceptionnel.

L'idée de Mattéo et Salomé, pour ces vacances de Pâques, c'était de nous faire réviser en entretenant notre corps. « Un esprit sain dans un corps sain. » Salomé avait lu un article vantant les mérites du sport pour le fonctionnement des neurones. Quant à Mattéo, sélectionné en équipe de France junior de triathlon et mention très bien au bac l'an dernier, il incarnait le bien-fondé de cette théorie.

À notre arrivée au gîte, il avait annoncé le programme :

– Une séance de sport en début de matinée (jogging, natation ou escalade), suivie d'un temps de révisions. Même chanson l'après-midi. Le soir sera aussi partagé entre révisions (tandis qu'une équipe de deux personnes, renouvelée chaque jour, préparera les repas) et détente après le dîner (sortie nocturne ou jeux de société). Je propose de rationner l'alcool, histoire d'éviter la gueule de bois.

Tout le monde avait accepté. Mattéo n'est pas quelqu'un à qui on refuse. Même sans l'admirer autant que Salomé, toutes les filles (dont moi) lui reconnaissent un énorme pouvoir de séduction. Où qu'il soit, Mattéo s'impose dans le paysage. Il s'impose en chef, en figure admirée, en idole. Quant aux garçons, je pense qu'ils subissent une attraction similaire pour lui, à voir leurs mines béates dès qu'il ouvre la bouche.

Même Eva et Lucas, qui ont tendance à lever le coude, n'ont rien répliqué à propos de la boisson.

On a posé nos bagages et on s'est répartis dans le gîte.

Lucas et moi, spontanément, on a pris la même chambre.

– Je te laisse le côté porte, très chère. Tu fais plus souvent pipi la nuit...

– Ça dépend, Lucas.

– Ça dépend de quoi ?

– De ce que tu as bu.

– J'avoue. Mais le stage n'est pas vraiment parti pour être arrosé…

– Pas vraiment, non. T'es triste, mon Lulu ?

Lucas a haussé les épaules. Il est resté prostré un instant derrière ses longs cheveux artistiquement ébouriffés, comme plongé dans une bouderie obstinée, avant de les envoyer en arrière pour dévoiler un sourire éclatant.

– Mais non, Mimille… Au moins, mes neurones fonctionneront à fond la caisse pour les exams.

Je crois qu'il n'y aura jamais rien entre Lucas et moi, on se connaît depuis trop longtemps. Nos parents habitent le même quartier à La Ciotat. On s'est retrouvés plusieurs fois dans la même classe : en primaire, au collège, au lycée, et même à la cité universitaire cette année.

Et puis, comment un couple survivrait-il à des surnoms aussi crétins que Lulu et Mimille…

Avec un rien d'ingéniosité, Mattéo et Salomé avaient transformé cet habitat poussiéreux en quelque chose d'accueillant : les vieux buffets pleins d'échardes, les armoires aux portes impossibles à fermer, les tables grinçantes et les chaises dépaillées, tout, absolument tout ce fatras avait été entreposé sous l'auvent à l'arrière du bâtiment, de sorte que la grande salle s'était transformée en un loft immense sur le sol duquel on pourrait étendre nos matelas en mousse pour la sieste collective. Mattéo proposait d'organiser des séances de sophrologie, selon les méthodes rapportées de son stage en équipe de France junior.

Salomé avait baptisé notre séjour le « stage-anniversaire ». Le point culminant serait son propre anniversaire et celui de Mattéo, qui tombaient le même jour.

La liste des participants, c'est elle qui l'avait établie. Avec l'approbation de Mattéo. Et quelques ajouts (argumentés) de certains d'entre nous.

Elle avait invité Eva et Mathilde, ses deux amies aixoises. Avec Eva, Salomé avait pratiqué le pentathlon à un assez haut niveau. Mattéo les avait connues deux ans auparavant lors d'une réunion multisports organisée sur le thème de la diététique du sportif.

Aujourd'hui, Salomé était en terminale au lycée Zola d'Aix-en-Provence. Eva, plus âgée d'un an, étudiait la géographie à la fac de lettres, juste à côté. Sans arrêter complètement, elles avaient un peu levé le pied, côté sportif. Mathilde, elle, était en classe avec Salomé. Elle ne pratiquait aucun sport régulier, mais se disait partante pour le programme. Alterner effort intellectuel et physique, ça lui convenait parfaitement. Elle espérait « gommer des formes un peu trop généreuses à son goût ».

Tous ensemble, on avait enchaîné pas mal de soirées, et aussi des randos sur Sainte-Victoire. Eva commentait à peu près chaque rocher, chaque strate de terrain, histoire de réviser ses cours de géographie physique. Une érudition généreuse, voire envahissante. Mais tellement adorable qu'on l'écoutait en dodelinant poliment de la tête... Ou pas. Il y avait toujours un moment où Lucas lui attrapait le bras, la regardait droit dans les yeux, et lui demandait :

– T'as téléphoné à Roger ?

Et nous, on complétait :

– ... pour lui demander d'apporter les clés de la camionnette rouge qui est dans le garage.

Ce Roger, il n'existait pas plus que sa camionnette rouge, mais c'était un code entre nous, qui signifiait : « Abrège ! »

Eva affectait une moue boudeuse, ou faisait mine de nous boxer le pif, selon son humeur, mais elle ne nous en voulait pas. Et elle pouvait, dix minutes plus tard, entamer sans complexe une autre péroraison à propos d'une nouvelle particularité du paysage.

Mathilde était plus discrète, mais pouvait se révéler redoutable dès qu'elle nous parlait d'un bouquin qu'elle avait aimé ! Elle lisait un peu de tout, des romans d'aventure surtout, mais aussi de la philo, de la politique, de la presse people, et quand il n'y avait rien d'autre elle pouvait même lire intégralement les paquets de céréales...

Mattéo, quant à lui, avait invité son cousin d'Avignon, Johann, un jeunot de seconde qu'on avait déjà croisé plusieurs fois. Avec sa carrure de sauterelle, il admirait son grand cousin. Ce qui ne l'empêchait pas de le critiquer parfois, clairement mais sans brusquerie. C'était la grande force de Johann : si jeune qu'il soit, il m'avait épatée plusieurs fois par sa finesse d'analyse, et sa capacité à traduire ses sentiments par des mots précis.

Elias, c'est Lucas qui l'avait invité. On ne savait pas trop ce qu'il faisait. Lucas disait qu'il travaillait sur des chantiers en tant que manœuvre.

Sur le moment, Mattéo avait un peu tiqué. Accueillir un inconnu de tout le monde ne lui paraissait pas évident.

– Pas sûr qu'il s'intègre, on se connaît tous. Et puis, s'il est pas étudiant... Il trouvera peut-être ennuyeuses nos conversations...

– Nos conversations intellectuelles ? a réagi Lucas, assez vivement.

– Ben...

Je comprenais la gêne de Mattéo, alors je suis intervenue.

– Tu sais, Lucas. Tout le monde n'est pas comme toi. Tu t'intéresses à des tas de gens et tu as un bon feeling avec les inconnus. Mais cet Elias, est-ce qu'il ne va pas trouver ça lourd, nos séances de révisions ?

Lucas n'a pas répondu. Il a pris son air buté.

Je connais bien mon Lulu. Quand il a une idée en tête, il est difficile de l'en faire changer...

– Écoutez, j'ai dit. S'il s'ennuie, il pourra faire deux fois plus de sport.

Mattéo n'a pas dit oui. Mais comme il n'a pas non plus dit non, Lucas a considéré sa requête comme acceptée.

Cent dix mètres.

Jamais la distance n'a été si courte entre Elias et Mattéo. Parce que le premier s'est arrêté quelques secondes pour crier. Aussitôt après, il a fait volte-face et s'est élancé vers le sommet du massif. Cent mètres. Quatre-vingt-dix. Mattéo, à la perspective de fondre bientôt sur son rival, a réduit un peu plus l'écart. Quatre-vingts mètres. Mais les jambes de gazelle d'Elias, là-haut, ont retrouvé leur allure, et la distance ne diminue plus.

Si Mattéo parvenait à gagner encore soixante mètres, un lancer de couteau serait envisageable. Au lycée, avec des copains, il s'est beaucoup entraîné à cet exercice. Mais à l'époque, lancer un couteau ne représentait qu'un jeu pour lui. Et la cible était un tronc d'arbre.

Lucas

Elias est arrivé après nous. Je suis allé l'accueillir. En l'accompagnant jusqu'au gîte, j'ai réalisé que je portais la responsabilité de cette rencontre. C'est moi qui avais insisté pour qu'il intègre notre groupe. Je le connaissais peu, mais j'avais l'intuition qu'il s'adapterait. C'est plutôt des autres que je doutais. Et en particulier de Mattéo.

J'ai bien conscience que si Mattéo est devenu très populaire, il n'y était pas vraiment prédestiné. Lorsque sa famille a emménagé à La Ciotat dans notre lotissement, il y a huit ans, j'ai compris tout de suite à qui j'avais affaire : les remarques racistes de ses parents, leurs plaisanteries bien grasses sur les Arabes ou sur les Noirs, les clichés enfilés comme des saucisses à propos des Anglais (rosbifs), des Chinois (chinetoques), des Allemands (boches)... Le pauvre Mattéo avait l'hérédité chargée.

Le plus pitoyable, c'est quand son père est venu taper un scandale à l'école parce que la cantinière avait demandé à sa fille si elle mangeait du porc. De fait, la petite sœur de Mattéo est de type méditerranéen : brune de peau, des yeux noirs comme des olives, les cheveux frisés. Peut-être d'origine espagnole, mais ça, c'est pas écrit sur son front. Quand on la voit, on la prend pour une Algérienne, une Marocaine, éventuellement une Espagnole, oui, et dans ce cas elle a très probablement des ancêtres arabes, comme beaucoup d'Espagnols. C'est ce qu'a dit mon père aux parents de Mattéo, qui pendant trois semaines ne nous ont plus adressé la parole !

Lorsque Mattéo répétait bêtement les idioties de ses géniteurs, je lui montrais mon désaccord, mais je n'ai jamais essayé de le fuir. Mon père dit qu'il ne faut pas laisser les crétins entre eux. Même si c'est dur, on doit s'obliger à les fréquenter, au moins pour leur fixer des limites.

Ce qui a sauvé Mattéo, c'est le sport de haut niveau. Grâce au triathlon, il a fréquenté des concurrents originaires de toutes les régions de France, puis des sportifs étrangers. Il a appris le respect qui rapproche deux athlètes subissant la même charge d'entraînement. Suer dans le but de se mesurer sur le terrain, paradoxalement, ça crée des liens. Mattéo respecte énormément ses adversaires, qu'ils soient allemands, anglais, italiens ou coréens. Et lorsque en ma présence lui échappe une vanne qui ferait rire grassement ses parents, il s'empresse d'ajouter « Je déconne » ou « Je suis nul ». Ce que je lui confirme aussitôt.

Tout le monde s'est pointé dans le courant de l'après-midi. Eva est arrivée d'Aix en voiture avec Mathilde : elle vient d'avoir son permis et sa mère a accepté de lui prêter sa vieille Twingo, à condition qu'elle ne roule pas le soir... (traduisez « la nuit, en sortant de boîte »).

Ensuite Johann, le « petit cousin », que ses parents ont déposé rapidement. Un minot adorable, Johann, et d'une maturité stupéfiante.

– On vous le confie ! a lancé le père par la portière. Désolé de pas rester plus longtemps, les d'jeuns, mais on aurait peur de vous gêner, avec notre grand âge !

Le père de Johann ressemblait beaucoup à celui de Mattéo, sauf qu'il avait les cheveux longs. Sur les quelques mots qu'il a lancés, je n'ai pas pu juger s'il était raciste lui aussi. En tout cas il n'a fait aucun sermon sur notre responsabilité vis-à-vis de son fils, ni fourni de liste d'interdictions le concernant. C'était déjà un point positif pour lui. Et pour nous ! On l'a juste trouvé un peu ringard, comme tous les quadras qui utilisent le mot « d'jeuns » en s'imaginant que c'est tendance...

À 18 heures, je suis allé me poster au bout de la piste forestière pour guetter Elias. Il m'avait promis d'arriver dans ces eaux-là, en stop. *A priori*, le stop n'est pas un moyen très exact pour voyager ; on peut agiter la main pendant des heures sans succès. Mais je n'ai jamais vu quelqu'un obtenir à cet exercice autant de réussite qu'Elias. J'ai fait à deux reprises du stop en sa compagnie : chaque fois, la première voiture s'est arrêtée. Ce type attire la sympathie comme le miel attire les mouches.

Cette fois encore, ça n'a pas manqué. À 18 heures précises, une voiture s'est arrêtée au départ de la piste forestière. Elias est descendu, sac sur le dos, sourire en bandoulière.

– Tu es sûr que tes copains ne me trouveront pas « déplacé » ? il a demandé, avec son drôle d'accent, quand on est arrivés en vue du gîte.

– N'aie pas peur. Ils sont plutôt cool. Je suis sûr que tu vas beaucoup leur plaire. Par contre, il te faudra être indulgent, voire patient, à certains moments.

– Qu'est-ce que tu veux dire ?

– Ils peuvent parler comme des fontaines, et de choses pas forcément passionnantes.

– Comme quoi, par exemple ?

– De leurs études…

Je pensais à Eva, l'imaginais déjà monologuant sur ses minéraux devant un Elias trop poli pour changer de conversation.

– Mais ce sera génial, au contraire ! Je vais apprendre plein de choses !

De ça, j'étais persuadé. De même, je savais qu'il ferait tout pour s'intégrer. En revanche, j'espérais ne pas m'être trop avancé concernant l'accueil chaleureux des copains.

Camille

Lucas avait rencontré Elias à Marseille le mois précédent, lors d'un tournoi amical de beach-volley sur la plage des Catalans. Il avait adoré d'emblée ce garçon, excellent sportif et fair-play, contre lequel le sort l'avait fait jouer, et perdre... Une première fois lors des poules. Une deuxième fois en finale.

Quand ils sont arrivés tous les deux, on était sur la terrasse du gîte. Lucas s'est fendu d'une révérence pour nous présenter Elias. Jouant le jeu, celui-ci s'est incliné à son tour de façon comique. Quand il s'est relevé, le visage rayonnant, il avait l'air d'un petit garçon et en même temps d'un homme (un très bel homme !). On a tous été saisis, je crois, par une sorte de grâce. Certains parleront de coup de foudre, d'autres d'électrochoc. Autant de qualificatifs qui, bien sûr, ne correspondent pas à la réalité. Parce que la réalité était beaucoup plus douce, et beaucoup plus violente à la fois. Alternativement, nos regards se sont croisés, comme pour vérifier que nous étions tous victimes du même sortilège.

Elias, lui, continuait à sourire, inconscient de ce qui venait de se passer. Il avait juste l'air gêné. On s'est mis à remuer ; l'un s'avançait pour lui dire bonjour, l'autre lui tirait une chaise ou lui servait un rafraîchissement. Un brouhaha s'est installé, dans lequel surnageaient nos prénoms, quelques plaisanteries ont fusé, accompagnant des présentations brèves et stéréotypées. Ensuite, je me suis retrouvée dans la chambre qui nous avait été attribuée, à Lucas et moi, poussant mon matelas contre le mur pour faire un peu de place au nouveau venu. Car Elias, cela nous est apparu comme une évidence, allait partager notre chambre. C'était la seule combinaison envisageable.

Mathilde et Eva en occupaient une, Johann avait accepté de dormir dans un cagibi à peine plus grand qu'un placard. Quant aux deux autres chambres...

Voilà. Il y avait le problème Mattéo et Salomé. Ils se tournaient autour, se cherchaient du regard, se provoquaient. Pourtant, depuis quelques semaines ça n'avançait pas. Ces choses-là, surtout quand c'est sérieux, ça peut durer longtemps. Il aurait été indélicat de les loger ensemble, parce que, n'est-ce pas, ils ne formaient pas encore un couple. Il leur fallait donc deux chambres individuelles, en attendant l'éventualité... Nous, on demandait rien de mieux ! Ça faisait juste un peu madame la reine et monsieur le roi : à monopoliser deux pièces rien que pour eux tandis qu'on se serrait dans les trois restantes. Je me souviens de la façon dont le petit cousin, pour ne pas les déranger, a insisté pour dormir dans son placard ! On aurait dit qu'il avait rêvé de ça toute sa vie...

Elias, lui, ne pouvait raisonnablement pas s'incruster dans la chambre de Mattéo, et encore moins dans celle de Salomé. C'est mon Lulu qui a trouvé la solution (je pense qu'il l'avait trouvée depuis longtemps, même s'il a joué l'illumination). Il s'est approché de moi et a chuchoté :

– Tu verrais un inconvénient à ce qu'Elias dorme dans notre chambre ?

Un inconvénient ? Pas le moindre ! Partager ma chambre avec mon meilleur ami et le mec le plus beau que j'aie jamais vu... Honnêtement, je m'en tirais pas trop mal !

À plusieurs endroits, sentiers, pistes ou simples trouées dans la garrigue, la route qui serpente entre Marseille et Cassis offre des entrées dans le massif des Calanques. C'est par l'un de ces sentiers qu'Elias l'a rejointe. Il n'a pas pris le temps de se retourner pour admirer, tout en bas des lacets vertigineux, cette ville qu'il aime tant : Marseille. Il a progressivement atteint le plateau de Carpiagne, semé de colosses de pierre blanche, qui rappelle un décor de western. L'endroit, d'ailleurs, a fourni le cadre de plusieurs films d'action : poursuites automobiles, crissements de pneus, pare-chocs étincelants, contrastes saisissants entre la sauvage beauté de la nature et la lutte à mort qui oppose des personnages aux destins tragiques.

La distance entre Elias et Mattéo s'est stabilisée à cent quatre-vingts mètres. Les deux coureurs semblent de force égale, on pourrait imaginer que cette poursuite dure éternellement. D'un bout à l'autre de la planète, Mattéo traquerait Elias, et le monde entier les regarderait passer, anxieux mais admiratif.

Pourtant, à y voir de plus près, on ne peut ignorer ni l'étonnante décontraction du premier, ni la nervosité du second. Si Mattéo parvient à maintenir l'écart, c'est au prix d'un effort considérable. Son souffle s'extrait de lui avec difficulté, ses poumons se contractent par à-coups, tandis que là-bas, les lèvres d'Elias semblent déguster l'air, régulièrement, presque avec délice. À croire qu'il a oublié son poursuivant, et qu'il court seul, dans le grand bonheur de son corps, depuis longtemps, depuis l'aube des temps peut-être, et pour l'éternité.

Mathilde

En arrivant au gîte, j'avais des fourmis dans le ventre. Ça me fait toujours ça au début d'un moment longtemps attendu. Ces vacances avec Salomé et les autres, j'y tenais beaucoup. Je ne me suis jamais sentie aussi bien dans un groupe. Avec eux il y a toujours quelque chose à faire, pas question de glander, avachis sur un sofa comme des lamantins, à se bourrer de chips en buvant et en fumant des joints. J'aime aussi leur humour, leur façon de chambrer. Mattéo et Lucas, surtout, sont les plus gros chambreurs du groupe. Quand ils s'attrapent, tous les deux, ils peuvent se lancer dans des impros mémorables. Mattéo commence en attaquant Lucas sur sa coiffure, ou sur le petit poil qu'il a dans la main, Lucas répond en caricaturant un Mattéo toujours à la recherche de la performance ; ils gesticulent, s'envoient des salves de qualificatifs, inventent des expressions, ils grimacent, feignent d'être vexés, se redressent comme des coqs, et finissent par se poursuivre au milieu de nos éclats de rire. C'est pas méchant. Toujours à cheval entre délire et vérité. Une façon de dire les choses en face, sans les garder au fond de soi (où ça fermente). Il faut s'y habituer, ravaler son petit orgueil. En venant ici, je m'attendais à me faire tanner pour mes kilos en trop. Ou ma réputation de bourgeoise (c'est notre réputation, à nous, les Aixois : on est des bourgeois...). Mais je préfère ça à ceux qui me toisent des pieds à la tête sans rien dire, un petit sourire acide au coin des lèvres. La « chambre », ça secoue, ça écorche, mais ça se pratique à l'air libre, devant témoins. Une sorte de thérapie de groupe...

Ma seule crainte, c'était l'eau... Là aussi, j'étais sûre de m'en prendre plein les dents. Mattéo allait sûrement me proposer une bouée, ou singer le maître nageur qui s'adresse à une toute petite fille. Au moins, ça me pousserait peut-être à en finir une bonne fois avec cette peur débile de l'eau que je traîne depuis toujours...

À l'arrivée, Mattéo m'a aidée à transporter mon gros sac. Plein de romans, comme d'habitude (je suis sur trois séries hyper captivantes que je lis en alternance…). Même si je sais qu'en une semaine, entre les révisions et le programme sportif qu'ils nous ont concocté, je n'aurai pas le temps d'en lire le tiers.

– Mathilde et ses provisions de livres… s'est esclaffé Mattéo en soupesant le sac. Tu les manges, ou quoi ?

En faisant une allusion culinaire, il ne pensait pas à mal, j'en suis sûre. Je crois qu'il a juste été un peu maladroit. Et puis, mes quelques kilos en trop, je les assume. S'ils pouvaient disparaître, je ne les regretterais pas, bien sûr, mais je n'en fais pas une maladie.

Les fourmis dans le ventre, je crois que Salomé les avait aussi. Depuis trois mois, elle ne me parle que de Mattéo. Au lycée, plus aucun garçon ne l'intéresse, c'est comme si elle était devenue nonne… Même quand Eva nous propose une virée à la fac pour mater ses copains de licence (on aime bien s'incruster dans les amphis, en jouant les étudiantes de dix-neuf ans), Salomé n'y met plus le même entrain qu'avant.

Lorsque Elias est arrivé au gîte, ça nous a fait un drôle de coup. On a dû avoir l'air de connes qui bavent devant un beau mec. Pourtant, si j'analyse un peu ce qui s'est passé, ça n'avait rien à voir avec une attirance physique, ou ce genre de choses. C'était plutôt comme si un courant magnétique avait traversé l'air, une substance jusqu'alors inconnue sur terre. Oui, comme si on avait assisté à l'arrivée d'un extraterrestre. Le type qui se présentait à nous, là, près de Lucas, remettait en question notre façon de concevoir l'être humain.

Camille

La soirée commençait bien. Lucas et Mattéo, qui étaient chargés du plat de résistance, ont sorti d'un Tupperware une salade composée (pâtes-avocat-noix-roquefort) et deux quiches (une aux lardons, l'autre au saumon). Johann, notre pitchounet, a fièrement brandi la seule recette qu'il connaissait : un gâteau au yaourt. Pas de la grande cuisine, mais ça présentait l'avantage d'être déjà consommable. La boisson (du rosé, en quantité limitée...) était fournie par Eva, évidemment.

Après quelques toasts à peine humectés (selon Lucas), on s'est mis à parler tous ensemble, la bouche pleine. Et au lieu de raconter ce qu'on avait fait depuis la dernière fois qu'on s'était vus, on s'est rappelé des choses qu'on avait déjà commentées, et recommentées ensemble, comme s'il fallait un ciment pour reformer notre groupe à chaque nouvelle réunion.

Un peu honteux de ces conversations « privées », Lucas expliquait les allusions les moins évidentes à Elias, et dans une certaine mesure aussi à Johann, plus jeune et un peu moins au fait de nos petites aventures dans l'univers impitoyable des sorties estudiantines. Mattéo était bien lancé. Installé dans un coin de la terrasse, nonchalamment vautré sur deux chaises, il parlait d'une voix traînante :

– L'autre jour au Bémol 7, Fatty le sup qui me dit mon petit chleum, ce soir je veux pas te voir tourner autour de nos gaddies, sinon tu vas pleurer comme pour l'anniv de Bertha. Alors je m'approche, je lui pose la main sur l'épaule, comme il aime, puis je lui fais un bisou sur le nez et là je dis Fatty, je te rappelle qu'à la soirée du Bimbo c'est toi qui as pleuré à cause du cube qui t'avait cocufié. Et du petit souvenir que je t'ai laissé sur le nez...

Tout le monde riait, sauf Lucas, qui s'est mis en œuvre de traduire pour Elias :

– Bon, pour le commun des mortels : le Bémol 7, c'est une boîte un peu craignos de Marseille, comme le Bimbo d'ailleurs, mais qu'on aime bien fréquenter parce que ça coûte moins cher qu'ailleurs ; « mon petit chleum » c'est une expression des Maths sup (la prépa scientifique). On sait pas ce que ça veut dire. Fatty – Jonathan pour l'état civil – a perdu son prénom au bénéfice de sa bedaine, qui est loin d'être perdue, quant à elle. « Nos gaddies », ça veut dire les filles de Maths sup. L'anniversaire de Bertha (Bérénice, en vrai), c'est un moment où les sups en sont venus aux mains avec les STAPS (les étudiants en sport, comme Mattéo et moi), sauf que Mattéo, d'un amical crochet du droit, y avait égratigné le nez de Fatty, qui feignait de l'avoir oublié. Il feignait aussi d'avoir oublié que ce « cube » (traduire : étudiant redoublant la deuxième année de prépa scientifique) lui avait taxé sa copine en début de soirée. Pour finir, Fatty déteste qu'on le touche, voilà pourquoi Mattéo a précisé qu'il lui avait posé la main sur l'épaule « comme il aime ».

C'était assez impressionnant de constater que notre groupe avait autant de mots impossibles à comprendre pour un observateur extérieur. Ça faisait limite société secrète.

– Hé, Lucas, a réagi Mattéo, t'es pas obligé de raconter dans le détail nos soirées. Je suis pas sûr que ça intéresse beaucoup notre ami.

– OK. Mais si ça l'intéresse pas, alors pourquoi ne pas choisir des sujets qui pourraient concerner tout le monde ? Au moins, je serais pas obligé de traduire...

Mattéo a expédié à Lucas un regard de tueur, auquel Lucas a répliqué en montrant les dents (un petit jeu entre eux, qui se termine en général par de grandes bourrades viriles). Elias, gêné, s'est senti obligé de dire :

– Mais il n'y a aucun problème. Vous n'allez pas vous censurer pour moi ! Franchement, parlez de ce que vous voulez. Si je comprends rien, je vous poserai des questions.

– Non ! Non ! Non ! l'a coupé Eva. Elias est très poli, mais moi je vais me montrer plus grossière : vos bagarres de gros lourds, c'est pas super palpitant pour des gens civilisés ! Je propose qu'on vote pour le prochain sujet de conversation.

Ce coup-là, ça s'est bien fini. On a réussi à trouver un thème à peu près général : le cinéma. On n'avait pas forcément les mêmes goûts, mais au moins, chacun a pu en placer une.

Lucas

J'ai été un peu dur, le premier soir, avec Mattéo. Mais tant pis ! Quand un étranger au groupe se trouve parmi nous, avec un air aussi bienveillant que celui d'Elias, on ne peut pas faire comme s'il n'existait pas. Non seulement c'est très impoli, mais c'est manquer une occasion d'enrichissement. De toute la soirée, Mattéo n'a posé aucune question à Elias. L'indifférence totale. Pourtant, je le sais capable d'ouverture, lors d'événements sportifs où on croise des gens venus de tous horizons. Aux championnats du monde junior de triathlon, il a échangé son adresse avec un Écossais, un Autrichien et un Coréen, qui sont maintenant ses amis sur le web. Il faut croire que, dans la vie courante, Mattéo redevient quelqu'un de courant.

Heureusement, Camille et Eva se sont jointes à moi pour mettre Elias à l'aise. Johann, discret mais attentif, lui a distribué des sourires toute la soirée. Salomé, elle, ne lui a pas dit grand-chose. Mais elle l'a beaucoup regardé. À tel point que Mattéo a tiqué, m'a-t-il semblé. Je veux dire : Mattéo, pendant assez longtemps, a regardé Salomé qui regardait Elias.

Eva

Moi, je voulais surtout me défouler. Repasser les cours, composer des petites fiches toutes bien ordonnées, ça, je l'aurais fait de toute façon, stage ou pas. Ce qui me manquait ces derniers temps, du fait que j'ai quasiment arrêté l'entraînement, c'est de l'exercice physique. Un besoin de me fouetter un peu la carcasse pour retrouver des sensations endormies. Et dans ce domaine, je fais confiance à Mattéo. Il nous avait mitonné un programme costaud. Certes, contrairement à Salomé, je ne suis pas fan du gars, mais en tant qu'ancienne sportive de haut niveau je lui tire mon chapeau d'être parvenu là où il est.

Bien sûr, il y avait cette restriction concernant la bibine. Mais ça, je veux bien l'accepter. Mattéo ne nous a pas interdit de boire, il a juste souhaité quelque chose de raisonnable. Ce qui est pénible, dans tous les domaines, c'est l'abus. Dans un sens comme dans l'autre.

Quand Johann est arrivé, ça m'a fait plaisir. On le voit pas souvent, cet insecte, mais c'est un mec génial. Discret, attentif, hyper fin. Le contraire de moi. C'est peut-être pour ça que je l'adore.

Elias, j'ai aimé tout de suite. Le prénom d'abord. Le côté exotique et ancien fait un peu rêver. Et quand j'ai vu le porteur du prénom, j'ai continué à rêver. Pas longtemps, parce que c'est pas tellement mon truc. Les rêves, moi, j'aime bien les réaliser.

Camille

Le premier soir, on s'est couchés tôt en prévision du programme à venir. Avant de m'endormir, j'ai pensé que c'était bien que Lucas soit là, comme un rempart entre ce garçon inconnu et moi.

Je me souviens que j'ai pris la main de Lucas, chaude, rassurante, comme un doudou. Il a effectué une petite pression, à laquelle j'ai répondu. Puis plus rien. Le royaume des songes.

Au petit déj, à 8 heures pétantes, Mattéo nous a accueillis sur la terrasse en sautillant comme un bouchon. Il distribuait les vivres et les consignes, en animateur de colonie.

– Hop ! Hop ! Petite banane pour le magnésium, vous attrapez ? Lucas... Camille... Elias... Ensuite chacun se sert : pain, beurre, miel, ici, et jus d'orange, là. Il y a aussi du thé et du café tout prêts, ou du chocolat au lait, là-bas.

À petites foulées, il passait devant le buffet disposé sur un muret, désignant les ingrédients.

– Pour finir (facultatif) : du jambon et du fromage pour les morfales.

Lucas et moi, on a dû maugréer un vague OK, gros, on a vu. Elias, de bon matin, souriait déjà de toutes ses dents.

On s'est assis à côté d'Eva, à l'endroit de la terrasse qui prenait le soleil. Les autres, préférant commencer mollo avec la lumière, s'étaient logés à l'ombre des grands pins.

– Moi, le soleil, j'en ai jamais assez ! s'est exclamée Eva en s'écartant pour nous laisser plus de place.

– Pareil, a renchéri Elias, le visage levé vers l'astre du jour, paupières mi-closes, lèvres entrouvertes avec délice, tel un acteur de publicité pour eau de toilette.

– Alors ? a demandé Lucas. Course ou natation, ce matin ?

– Natation, a répondu Eva. Et course aussi, en fait. On débaroule jusqu'à la première calanque, on nage un moment, et on remonte l'éboulis en courant. C'est bien ça ?

– C'est ça, a répondu Mattéo en tendant une orange pressée à Salomé, qui a rougi de l'attention, et une banane au petit cousin, qui, les yeux encore collés de sommeil, venait de nous rejoindre sur la terrasse.

Puis, à Elias :

– Toi, est-ce que tu es habitué aux éboulis ?

– Oui, pas de problème. Je connais bien les collines.

– Tu es d'où exactement ?

Première marque d'intérêt de la part de Mattéo.

– De Marseille.

– Carrément !

– Carrément.

– Eh ben, t'as pas trop l'accent !

C'était vrai. L'accent d'Elias est très... « pointu », comme on dit chez nous. Mais surtout, son français manque d'expressions idiomatiques. Comme s'il l'avait appris à l'école, dans un autre pays.

Eva lui a demandé :

– Et tu fais quoi ?

– Pour l'instant, je suis manœuvre sur le chantier de mon oncle.

Eva a hoché la tête, mais on voyait qu'elle n'avait pas bien compris. Après un temps de réflexion, elle a demandé, en rougissant légèrement :

– C'est quoi, « manœuvre », en fait ?

Elle est comme ça, Eva, toujours directe. Si elle ne comprend pas, elle préfère le dire.

Elias s'est fendu d'un grand sourire (même si c'est difficile de distinguer quand il sourit de quand il... sourit, vu qu'il a tout le temps la banane).

– J'aide mon oncle sur des chantiers. Je lui fais le ciment, je lui monte les parpaings sur l'échafaudage, je prépare ses outils...

– OK.

Elias venait d'ouvrir à Eva un monde jusqu'alors inconnu d'elle. Elle essayait de se le représenter sur un chantier, comme les maçons qu'on croise tous les jours sans les voir parce qu'ils font partie du décor.

Mattéo a tapé sur l'épaule d'Elias en désignant la façade lézardée du bâtiment :

– Puisque t'es un peu maçon, tu pourrais nous rafraîchir la baraque pendant qu'on révisera, cet aprèm ?

Elias a levé vers Mattéo un visage très doux, et, en lui adressant un clin d'œil, il a lancé :

– Pourquoi pas !

Lucas

Comme annoncé, on a débaroulé jusqu'au pied de l'éboulis. À condition de maîtriser le terrain et de ne pas craindre pour ses semelles, on peut faire des bonds spectaculaires dans la caillasse : il faut s'envoyer à fond vers l'avant, on a alors la sensation de voler sur quelques mètres. Lorsqu'on touche le sol, les cailloux roulent sous le pied et amortissent très progressivement la chute. On pousse à nouveau pour repartir en l'air. C'est grisant, et en principe sans danger. Certes, il vaut mieux posséder quelques muscles dans les cuisses, et des chevilles souples.

Les autres nous ont imités, même Mathilde et le petit cousin, les moins sportifs d'entre nous. Eva, fidèle à elle-même, fonçait sans détour. Camille,

Elias et Salomé suivaient. On ressemblait à un troupeau de chamois, la grâce en moins...

Le dénivelé, d'au moins cent mètres, nous a laissés tout poussiéreux, à deux pas de la calanque promise. En fait de calanque, c'est plutôt un trou d'eau, large de cinq mètres, profond de quinze, au creux duquel viennent taper les vagues. Heureusement, on n'est pas au large d'Ouessant. En fait de vagues, il s'agit plutôt de vaguelettes, relativement faciles à dompter.

– Tu viens, gros ? m'a demandé Mattéo.

– Tout de suite, ma caille !

Mattéo et moi, on a touché l'eau les premiers. Tee-shirt et baskets envoyés en l'air, masques enfilés en un clin d'œil, et hop !

– Alleeeez ! Tout le monde à la mer !

Mattéo aspergeait Salomé et le petit cousin, qui trempaient leurs doigts de pieds prudemment. Quant à moi, comme un chien fou, j'en faisais autant avec Camille.

– Les mecs, vous savez ce que ça veut dire, « lourds » ? a ronchonné Salomé avant de sauter à l'eau, le plus loin possible de nous.

Elias et le petit cousin ont suivi, puis Mathilde, qui n'avait pas l'habitude de plonger en apnée, et avait enfilé son masque de travers.

L'eau n'était pas très gentille : seize degrés, à cause des trois jours de mistral qui avaient précédé, mais ça valait le coup d'œil. Il y avait deux étoiles de mer rouge vif, accrochées au rocher à trois mètres de profondeur, plus quelques oursins, et autour de nous, des poissons, des dizaines de poissons.

Immédiatement après la mise à l'eau, Mathilde a été prise de tremblements. Elle a dû remonter précipitamment sur la berge, aidée par Elias qui a aussitôt compris ce qui se passait.

– C'est trop profond ! elle criait. J'ai le vertige, l'impression que je vais couler.

– Ma pauvre, c'est parce que t'es habituée aux activités de surface, l'a pourrie Mattéo, flottant nonchalamment sur le dos. La voile, le surf, les coquillages sur la plage et la bronzette sur la rabane... Tout ça, c'est pour les baigneurs ! Ma petite, la mer, ici, c'est un volume. On reste pas au bord : on entre à l'intérieur et on ouvre les yeux sous l'eau !

Mattéo charriait Mathilde parce qu'elle est habituée aux plages de sable qui s'inclinent progressivement. Nous, la profondeur, on la remarque plus, c'est vrai. On a toujours connu ça, nager avec trente mètres d'eau sous le ventre (j'ai vérifié un jour, ça représente la hauteur d'un immeuble de douze étages). Et dès qu'on s'éloigne un peu vers le large, la profondeur augmente encore. On survole des gouffres obscurs où les rayons du soleil s'enfoncent très loin, jusqu'à ces ombres qui remuent, tout en bas, et qui sont simplement le reflet de nos imaginations. Ou pas...

Je le reconnais, on les prend un peu de haut, ces gens qui s'allongent au bord de la mer avec un livre, ces sportifs du dimanche qui jouent aux raquettes dans dix centimètres d'eau. La plage selon Mattéo : « Un gigantesque dortoir collectif », avec des touristes alignés en rangs d'oignons.

– Calme-toi, disait Salomé à Mathilde, recroquevillée sur la berge, les lanières du masque emmêlées dans ses cheveux.

Mais Mathilde la repoussait, tout comme elle repoussait Eva, qui tentait de lui mettre la main sur l'épaule. Seul Elias a réussi à lui parler, d'une voix très douce.

– Reviens dans l'eau, Mathilde. Ne reste pas sur un traumatisme, sinon tu plongeras plus ! Tiens-toi à moi, viens.

Il avait une tête rigolote avec son masque, derrière lequel ses yeux remuaient comme de drôles de papillons. Mais cette tête devait paraître engageante à Mathilde, puisqu'elle a attrapé sa main tendue, et, lentement, s'est laissé guider.

– Essaie de regarder sous l'eau, mais sans chercher le fond. Commence par les rochers, observe tranquillement. Qu'est-ce que tu vois ?

– Des galets agglomérés, quelques oursins, et des coquillages, de drôles de petits chapeaux chinois accrochés à la roche.

– Ce sont des arapèdes. Si on les touche du bout du doigt, leurs ventouses se collent au rocher. Est-ce que tu vois les étoiles de mer un peu plus bas ?

– Oui. Elles sont belles, rouge très vif.

– Et les poissons, là. Tu les vois ?

– Oui.

– Le multicolore, ici, c'est une girelle royale.

– Trop beau ! elle s'est exclamée comme une petite fille après un gros chagrin.

– Oui, tu as raison, c'est beau. Et au fond, ces reflets argentés, ce sont des sars. Eux, ils aiment se faufiler entre les algues.

Là, on a nettement vu la tête de Mathilde s'enfoncer, rester sous l'eau quelques secondes, puis remonter précipitamment, sa bouche cherchant l'air par à-coups.

– Tu es impressionnée ? a demandé Elias.

– Oui.

– Alors il faut arrêter. Les sars sont à huit mètres, et derrière ça tombe à quinze d'un seul coup. C'est encore un peu trop pour toi.

Pendant tout cet échange j'avais observé Elias, j'avais admiré sa patience et sa finesse, sa très grande douceur pour soutenir Mathilde, et je me disais qu'aucun d'entre nous n'aurait su s'y prendre aussi bien que lui.

Il s'est hissé sur la berge, puis il a guidé Mathilde en lui indiquant les endroits glissants. Elle grelottait et arborait un pauvre sourire.

– Je suis désolée. J'ai pas l'habitude de cette profondeur.

– Pas grave, a dit Eva. Tu vas t'y faire.

Mathilde a tourné la tête vers Elias, qui se séchait méthodiquement.

– Merci. Si tu n'avais pas été là, je crois que je n'aurais jamais remis un orteil dans une calanque…

À quelques mètres de nous, Mattéo, flottant toujours sur le dos, crachait de longs jets d'eau pour imiter la baleine.

En remontant l'éboulis, Eva s'est placée à gauche de Mathilde, Elias à droite. Ils l'ont aidée à grimper, car elle tremblait encore un peu. Eva lui a expliqué scientifiquement pourquoi cette mer était si particulière.

– Fernand Braudel, l'historien de la Méditerranée, la dit très profonde. Ce qu'on voit à l'extérieur : les rochers, les falaises, les montagnes, par exemple les Alpes enneigées au-dessus de Nice, eh bien, il faut l'imaginer aussi sous l'eau. Au pied de certaines falaises, la profondeur atteint très vite quatre-vingts, voire cent mètres, et au large ça continue à dégringoler. Pourtant, tu ne dois pas avoir peur. Il ne peut rien t'arriver du moment que tu sais nager. Les monstres marins, les calmars géants, tout ça, c'est du cinéma. Il y a bien quelques gros poissons dans le coin : des espadons, et même une poignée de requins, mais ils n'ont jamais attaqué personne, tu m'entends, jamais.

– Des requins, tu dis ?

– Oui, il peut y en avoir, bien que moi je n'en aie jamais vu. Mais sur les quelque cent dix espèces de requins vivant sur la planète, seulement six ou sept s'avèrent dangereuses pour l'homme. Et aucune de ces espèces ne vit dans les parages.

Eva employait son ton de future conférencière à la Sorbonne. Je me marrais. J'ai observé l'éboulis, au-dessus de nous, et j'ai très vite eu la conviction que la conférence ne durerait pas longtemps...

Effectivement, les trois cents derniers mètres se sont déroulés dans un silence entrecoupé de gémissements. Même Eva ne parlait plus. Le plan était ici tellement incliné que maître Mattéo en personne ne trottinait pas.

Camille

Comme le premier bain n'avait pas duré longtemps, on a pu réviser un peu avant le repas.

Eva et Johann s'y collaient aux fourneaux. Tandis qu'elle nous concoctait sa spécialité : les calmars à l'armoricaine, lui préparait la sienne : le riz. Pas très ambitieux comme spécialité... mais à seize ans, on n'est pas censé être un maître cuistot !

Je me suis installée à l'ombre d'un pin, mes fiches étalées autour de moi (lestées par des cailloux, parce qu'une saute de vent dans les fiches bristol, ça ne pardonne pas). Sur la terrasse, en plein soleil, je voyais réviser Lucas, qui n'en a jamais assez (du soleil). Sous un autre pin, Salomé et Mattéo, allongés tout près l'un de l'autre, se faisaient alternativement réciter leurs cours d'anatomie (Mattéo) et de maths (Salomé).

Elias avait emprunté à Johann le roman au programme de son cours de français seconde : *Le Combat d'hiver*, de Jean-Claude Mourlevat. Assis à une table en plein soleil, il le lisait avec beaucoup d'application.

J'ai arrêté d'observer les autres et j'ai baissé les yeux avec l'intention très ferme de revoir au moins trois fiches de géométrie dans l'espace. Après la deuxième (soit une de moins que prévu...), j'ai relevé la tête : personne n'avait bougé. Elias lisait avec autant de concentration. Mattéo et Salomé récitaient sous leur arbre, toujours aussi proches, toujours aussi sages. Lucas cuisait sous le soleil en bloquant sur un cours particulièrement ardu (à en juger par la tension de ses sourcils...). Mathilde tournait autour du bâtiment, elle arpentait l'espace en révisant ses cours à voix basse, fermant parfois les yeux. Johann, que la cuisson du riz n'accaparait pas à temps plein, marchait lui aussi en égrenant des verbes irréguliers. Avec Mathilde, ils se croisaient sans se voir, comme dans une drôle de chorégraphie.

De la cuisine provenait une odeur délicieuse.

À présent, les deux coureurs progressent sur une ligne droite goudronnée. De part et d'autre, de vastes champs de pierraille parsemés de buissons s'élèvent en pente douce vers des crêtes coiffées de pinèdes.

Voilà une bonne heure qu'ils sont partis. Avec la chaleur qui augmente, les premières piqûres de la soif se font sentir. Sur leur palais, l'air en passant devient râpeux.

De temps à autre, Mattéo jette un coup d'œil vers l'arrière. Les autres ont sans doute lancé la poursuite. Il guette l'apparition de la Twingo d'Eva. Peut-être ont-ils appelé les flics. Et là, il ignore d'où ceux-ci pourraient surgir : de Marseille (derrière) ou de Cassis (devant).

Elias a certainement fait exprès de rejoindre un parcours plus fréquenté. Il pense que Mattéo nourrira plus de scrupules à l'agresser devant témoins.

Ne compte pas là-dessus, se dit Mattéo, *rien ni personne ne pourra plus te protéger*. Bien qu'au fond il ne comprenne pas comment Elias, dépourvu de tout palmarès sportif, peut tenir si longtemps la cadence.

Lucas

Après le repas, plusieurs d'entre nous ont voulu rester à l'ombre. Parce que « le soleil tapait trop », parce que « la mer était trop froide », et parce qu'il fallait aussi penser à faire la sieste, « les vacances étant, quand même, destinées au repos ! ».

Seuls Mattéo, Elias et moi étions motivés pour remuer. On a enfilé nos chaussures de course et on a tracé, tête nue sous le soleil.

– Si on les écoutait, ces grand-mères, a persiflé Mattéo, on trottinerait seulement de 18 heures à 18 h 15. Et pas trop vite parce que ça fait transpirer...

Mattéo imitait l'expression acide de celui qu'une goutte de sueur insupporte. Elias et moi, on a éclaté de rire, puis on a réglé nos jambes sur le mode grandes foulées puissantes, histoire de montrer aux autres que le cagnard ne nous intimidait pas.

On a pris vers le sommet du massif, au milieu des épineux, en levant haut les genoux. Mattéo a accéléré sur quelques mètres, puis il s'est mis à courir à l'envers pour se retrouver face à nous. Après dix secondes d'observation, il a laissé échapper un petit pet buccal admiratif :

– Belle foulée, Elias ! T'es coureur ?

– J'adore ça.

On n'apprenait rien, sauf qu'il aimait courir. Je pense que Mattéo aurait voulu entendre le nom de son club, et éventuellement son classement. Mais Elias a continué à trottiner en souriant de tout le visage.

À moi, Mattéo n'a rien dit. Je savais ce qu'il pensait de ma façon de courir : « une foulée efficace, mais qui manque de puissance en fin de poussée ». Et ça, seul un entraînement régulier pourrait l'améliorer. Or, l'entraînement, je ne suis pas assez motivé pour le subir. Moi, j'espère avoir les compétences pour devenir prof de sport à la fin de mes études, mais je me sais parfaitement incapable de rivaliser avec un athlète de haut niveau. Mattéo, lui, vise les deux : dans un premier temps, en parallèle de ses études de sport, la carrière de champion, puis, dans un deuxième temps, le professorat (dans une discipline aussi peu médiatique que le triathlon, il faut bien songer à sa reconversion...).

Il m'a tapoté l'occiput.

– Gros, je file. Jacques m'a prescrit quelques accélérations.

J'ai expliqué à Elias que Jacques était l'entraîneur de Mattéo. Cette semaine, il le laissait souffler un peu parce que dans six jours ils partiraient en stage à Font-Romeu, dans les Pyrénées, et là, il fallait s'attendre à des séances plus corsées. Quoi qu'il en soit, un sportif de son acabit ne peut pas se permettre de décrocher complètement pendant une semaine.

– Je comprends, a dit Elias. Il faudra m'avertir le jour où Mattéo passe à la télé !

Mattéo nous a distancés. Il a entamé le raidillon devant nous. À chaque foulée, on avait l'impression qu'il franchissait des montagnes. J'aurais pu passer des heures à regarder courir Mattéo. À le voir, ça semblait tellement facile. Impression trompeuse : cette apparence de facilité, c'est le résultat de milliers d'heures d'exercice.

De nous tous, seul Mattéo est allé aussi loin dans l'entraînement ; lui seul sait ce que courir à cette allure implique d'efforts et de volonté, de sacrifices, de douleur. Moi, j'en ai une vague idée, et c'est pour ça que je ne me sens pas capable de courir aussi vite. Je n'en ai pas le caractère. La victoire, ça se passe avant tout dans la tête, et la tête, je l'ai pas à la gagne.

Du coin de l'œil, je regardais Elias. Ce gars-là semblait en toute circonstance épanoui. Si l'obscurité n'avait pas été totale la nuit précédente dans notre chambre, je suis sûr que je l'aurais vu sourire en dormant. Pour autant, il ne ressemblait pas au ravi de la crèche. Et son sourire n'était pas un rictus de façade, c'était autre chose. Ça venait de très loin, de très profond. Une façon d'être vivant, un souffle très puissant, une faculté qui normalement n'existe pas sur terre.

Mon portable a sonné. Je m'étais dévoué pour l'emporter, histoire qu'on reste joignables (Mattéo n'aime pas être dérangé quand il court).

– Qu'est-ce qui t'arrive? j'ai demandé à Camille, dont le prénom s'était affiché sur mon écran.

– Rien de grave. Tu peux me passer Mattéo ?

– Euh... Il est un peu loin devant, là. Pourquoi ?

– Salomé s'est coupée en pelant des patates. Le truc bête. C'est pas profond, mais on sait pas où Mattéo a rangé la trousse à pharmacie.

– Mince… Je peux pas te répondre. Et je sais pas trop comment joindre le big boss.

Elias, qui avait entendu, m'a fait un signe que sur le moment je n'ai pas trouvé bizarre : il a imité des jambes avec son index et son majeur, et les a agités dans la direction suivie par Mattéo. Puis il a accéléré.

– Je te rappelle, j'ai soufflé à Camille.

Et j'ai observé Elias. Il a crié deux fois « Mattéo ! » en mettant ses mains en porte-voix, mais le vent soufflait vers nous ; Mattéo n'avait aucune chance de l'entendre. Alors j'ai vu Elias accélérer encore. On l'aurait cru chaussé de bottes de sept lieues. Très vite, il a atteint le sommet de la colline, puis a disparu de l'autre côté. Pendant plusieurs minutes, je n'ai plus entendu que le frottement des herbes contre mes mollets, et mon souffle, que j'essayais de retenir pour capter ce qui se passait là-bas.

Quand je suis arrivé au sommet du raidillon, c'est Elias que j'ai aperçu en premier. Il remontait vers moi depuis le fond du vallon. Mattéo suivait, à bonne distance.

– La trousse à pharmacie est dans le sac noir de Mattéo, près de son lit. Tu peux le dire à Camille !

Avant d'allumer mon portable, j'ai eu le temps d'apercevoir le visage de Mattéo. Il me regardait avec un air d'incompréhension profonde, celui d'un petit garçon qui vient de perdre tous ses repères.

Johann

En les voyant partir tous les trois, de leurs belles foulées athlétiques, j'ai presque regretté de ne pas les avoir accompagnés. Ils dégageaient une telle impression de liberté, leurs corps exprimaient le pur plaisir. Moi, comme un idiot, je restais là parce qu'il y avait du soleil, et que le soleil c'est chaud, et que ça fait transpirer, et gna gna gna...

Mattéo, je l'admire depuis toujours. Je suis allé l'encourager sur plusieurs triathlons et je reconnaîtrais son style entre mille. Lucas, lui, a le talent, une aisance naturelle dans toutes les disciplines sportives, mais il lui manque l'engagement. La niaque qui lui permettrait d'endurer les interminables séances de travail auxquelles s'astreignent les champions. Quant à Elias, que je n'avais jamais vu courir... Il s'est passé une drôle de chose. J'ai eu l'impression, à le voir trottiner à côté des autres, qu'il lui suffirait d'appuyer à peine pour laisser tout le monde sur place. L'impression que ce mec-là, rien ni personne ne pouvait lui résister. En même temps, cette force, qui diffusait comme un halo autour de lui, était indissociable d'une certaine idée de douceur et de plaisir. Oui, voilà, j'ai eu l'impression qu'autour d'Elias, la nature entière s'ordonnait harmonieusement, les couleurs, les friselis du vent dans les buissons, les traces des avions dans le ciel. De ce tableau, Elias était indubitablement le centre.

On me dit souvent que j'ai de drôles de délires, que je réfléchis bizarrement. Les copains me trouvent trop mûr pour mon âge, ils disent que je vais me gâter comme un vieux fruit. Bien sûr, c'est de l'humour, ou de la bêtise, au choix. Mais il y a un fond de vérité.

J'ai secoué ma tête, avec toutes les idées qui brinquebalaient à l'intérieur, et je suis retourné à mes verbes forts.

Lucas

Le soir, tandis que Mathilde et Salomé (le doigt entouré d'un sparadrap) achevaient la cuisine, Mattéo a fait quelque chose d'inattendu : il a sorti du frigo le cubi de rosé et il a proposé l'apéro. En soi, boire un coup entre copains après une journée bien remplie, ça paraît pas bien méchant. En tout cas, c'est pas moi qui y verrais à redire… Mais ça cadrait plus tellement avec les objectifs affichés au début du stage.

Mattéo m'a tendu un verre rempli à ras bord – il sait que niveau bibine je suis le maillon faible. Et en effet, il n'a pas eu à insister beaucoup pour que j'attrape le verre. Là-dessus, il s'est servi la même dose et se l'est envoyée quasi cul sec. Ce qui, d'une part, m'a paru aberrant parce que le vin ça se déguste, d'autre part un peu inquiétant parce que Mattéo, avec son hygiène d'athlète de haut niveau, ne faisait pas partie des grands buveurs.

Salomé a soufflé à mon oreille :

– Lucas, tu sais ce qui se passe ?

J'ai failli rouler des yeux ahuris, demander des précisions sur qui, quoi, comment, qu'est-ce qu'elle voulait dire, histoire de gagner du temps pour lui servir une réponse un peu mûrie. Mais je savais bien qu'avec Salomé, ce genre de facéties, tu oublies. En même temps, la réponse, j'avais du mal à la formuler. Ce qui s'était passé cet après-midi était tellement inimaginable que je peinais à y croire. Qu'un garçon un peu plus jeune que Mattéo, même pas licencié d'un club, parvienne à le rattraper si facilement...

– Je crois qu'il avait pas la forme aujourd'hui, j'ai tenté. Il a pas atteint son objectif et ça l'énerve.

– Arrête... m'a coupé Salomé. Mattéo est au-dessus de tout ça. Il se bourre pas la gueule dès qu'il foire une séance d'entraînement. Et pourquoi il me laisse pas l'approcher ? Quand j'essaie de lui parler, il regarde ailleurs.

Je lui donnais mille fois raison, d'autant plus que cette séance n'était pas tout à fait un entraînement. Juste un entretien musculaire sans objectif chronométrique.

Mattéo, qui avait descendu une deuxième ration cul sec, s'est approché d'Elias en titubant. Il lui tendait un verre.

– Hé, l'ami, tu vas bien nous accompagner ?

– Merci, a dit Elias en le saisissant avec précaution.

Il a jeté un regard par-dessus bord, l'a porté à ses lèvres en disant « tchin », puis après deux gorgées, il a tendu le verre à la cantonade :

– Ça fera beaucoup pour moi. Quelqu'un veut m'aider ?

Mattéo, qui s'éloignait en direction du buffet, est revenu sur ses pas. Il a jaugé ce qui restait à l'intérieur du verre.

– Mais tu bois comme un oiseau ! T'aimes pas mon vin ?

– Si, mais je bois peu.

– Et pourquoi tu « bois peu » ? T'es musulman ou quoi ?

Elias n'a pas répondu. On a tous réalisé qu'il pourrait très bien être musulman. Comme la sœur de Mattéo, il avait le physique méditerranéen. Et son prénom, Elias : d'origine orientale (j'avais cherché sur Internet parce que je n'avais jamais entendu ce prénom, et que je le trouvais très beau).

Plus personne ne parlait. Un malaise s'était installé.

Eva s'est approchée d'Elias. Elle a pris son verre.

– Donne, je vais te soulager.

On aurait dû sourire, et chambrer Eva. La tension était trop forte.

– Heureusement qu'il y a une pochtronne pour t'aider, hein ? a grincé Mattéo. Tu m'as pas répondu. T'es musulman ?

– Si tu veux.

– Comment ça, « si tu veux » ? Moi, je veux rien. T'es musulman ou pas ?

Mattéo a soudain été entraîné vers l'arrière. On a cru qu'il tombait à la renverse à cause de ce qu'il avait dans le nez, puis on s'est rendu compte que Salomé le tirait à l'intérieur du bâtiment.

– Tu nous fais honte ! Qu'est-ce qui se passe ?

On a entendu Mattéo qui essayait de résister en articulant un « Mais euuuuh... Laisse-moi tranquille ! », et Salomé, avec sa voix des mauvais jours : « Non, je te laisse pas tranquille ! Viens par là ! »

La suite est devenue inaudible. On a commencé à manger, sans parler. Eva et Camille envoyaient des petits sourires à Elias, qui paraissait vraiment gêné. Pendant un moment on a mastiqué sans faim les tortillas que Salomé et Mathilde avaient préparées avec amour.

Quand ils sont revenus, les pupilles de Salomé lançaient des éclairs, Mattéo arborait un air de chien battu. Elle l'a poussé devant Elias.

– Dis-lui !

Comme Mattéo gardait les yeux baissés, elle lui a relevé le menton du bout de l'index :

– Dis-lui ! Tout de suite !

Alors Mattéo s'est avancé vers Elias, il lui a tendu la main et a bredouillé :

– Pardon. Je crois que j'ai un peu trop bu.

Elias a pris sa main dans la sienne. Il a secoué la tête pour signifier que c'était rien.

Puis Mattéo est parti se coucher sans manger.

Eva

Quand mon portable a sonné, j'ai remercié le ciel, ou la chance, ou la providence, parce que j'étais sur le point de craquer physiquement et nerveusement.

C'était Camille, qui me demandait où j'étais. Elle paraissait aussi essoufflée que moi, et il nous a fallu un moment pour arriver à nous parler sans bouffer trop de syllabes. Camille avait elle-même reçu un coup de fil de Lucas. Il avait suivi les deux autres plus longtemps que nous, mais il abandonnait. Selon lui, Elias et Mattéo se dirigeaient vers la route en coupant à travers la garrigue. Il avait son idée pour essayer de les rattraper avant qu'il ne soit trop tard : on devait prendre ma voiture.

L'initiative m'a paru excellente, sauf que ma voiture était garée au gîte, et le gîte, j'avais pas la moindre idée du chemin pour y retourner, vu que j'étais complètement paumée, à ne plus savoir si je devais avancer, revenir sur mes pas, prendre à droite, à gauche, ou essayer de voler...

– Calme-toi, m'a dit Camille. Tu vas me décrire tout ce que tu vois, même les choses les plus insignifiantes, les arbres, les rochers, la végétation. Je connais bien le coin, je tomberai forcément sur toi.

Elle avait des idées géniales. Seulement, malgré ma science (toute jeune) des minéraux et des végétaux, j'étais obligée de m'avouer que dans la panique, j'avais tendance à tout confondre. Bref, en tâtonnant, et en évitant d'employer des concepts universitaires, j'ai réussi à lui décrire à peu près où j'étais. Et quelques minutes plus tard, je l'ai vue débouler avec Mathilde.

Au gîte, on a retrouvé Salomé et Johann, tout en stress parce qu'ils nous avaient vus décamper sans comprendre pourquoi.

Pendant que Mathilde leur expliquait ce qu'elle savait, j'ai jeté quelques affaires dans le coffre, une bouteille d'eau, des pulls, des trucs à manger, parce que mon petit doigt me disait que cette affaire risquait de durer, et j'ai fait signe aux autres de monter.

Camille

Le deuxième matin, Mattéo est resté au lit. Vu que Salomé ne communiquait guère, et que personne n'a osé proposer un programme sportif, on s'est tous mis à réviser. Je crois que même en classe, en pleine interro, je n'ai jamais vécu un tel silence. On entendait seulement le bruit de nos fiches, et les pages du roman d'Elias.

Peu avant midi, Mattéo nous a rejoints sur la terrasse. Il avait l'air jovial, Salomé a levé vers lui un visage crispé, et quand il lui a adressé un coucou en agitant le bout des doigts, elle s'est détendue, jusqu'à lui envoyer un sourire presque gentil.

– Messieurs-dames, il a dit, ce midi, repas sur le pouce. Après, je propose une virée à Marseille.

On en avait vaguement parlé, de cette sortie en ville, parce que c'était un peu ballot de passer une semaine à deux pas de Marseille sans y aller, et parce que Mattéo avait promis au petit cousin de l'y emmener une fois (Johann vit dans un village près d'Avignon, et il ne connaît quasiment pas Marseille).

Tout le monde a rangé ses cours, le mouvement a repris possession de l'espace, quelques vannes ont fusé. On était tous soulagés que l'ambiance se soit allégée.

Comme on était trop nombreux pour entrer dans la voiture d'Eva, on a dû marcher jusqu'au campus de Luminy, et de là prendre un bus pour le centre-ville.

Une fois sur le Vieux-Port, Lucas a proposé de monter à pied à Notre-Dame-de-la-Garde, histoire de garder un petit contact avec l'activité physique. Après un début relativement facile, le relief s'est incliné et on s'est retrouvés accrochés à une pente assez rude. Rien d'insurmontable, ça tirait juste un peu dans les mollets. Ceux qui traînaient, c'était Salomé et Mattéo, qui avaient beaucoup de choses à se dire. Ça discutait ferme, et Eva devait de temps en temps taper dans ses mains pour qu'ils nous rattrapent.

Le cousin sautait de joie comme un gamin. Il regardait partout, en haut pour admirer la statue dorée qui coiffe la basilique, autour pour vérifier si on était tous aussi enthousiastes que lui, derrière pour voir la ville rapetisser à nos pieds.

Quand on est arrivés sur le petit balcon qui offre, depuis la terrasse de l'édifice, un point de vue sur la rade de Marseille, on s'est serrés les uns contre les autres parce qu'il n'y avait guère plus de huit places, et on a contemplé le panorama. Hormis Mathilde et Johann, la plupart d'entre nous connaissaient cet endroit ; on était tous montés au moins une fois à Notre-Dame. Mais de regarder ça tous ensemble, cette grande ville qui s'étalait à nos pieds, avec ses quartiers hauts, ses quartiers bas, son port immense et ses bassins en enfilade sur plusieurs kilomètres, les collines qui bordaient la ville et la mer, immense, les îles blanches posées sur un tapis scintillant, ça nous changeait de notre gîte au milieu des pins. C'était fascinant de songer qu'on pouvait passer aussi vite du calme absolu des collines à la palpitation grisante d'une ville.

– Alors, qu'est-ce qu'il nous raconte, le Marseillais ? a demandé Mattéo.

Et, de fait, à part Elias, nous venions tous d'ailleurs, et nous étions, au mieux, des Marseillais d'adoption.

Il nous a regardés l'un après l'autre, lentement, avec cette petite lueur qui brille toujours au fond de ses pupilles, puis il s'est exclamé :

– Hou, vous me mettez la pression, là !

– Mais non, Elias, a renchéri Eva. Parle-nous de TA ville. Comme tu le sens. Explique-nous ce que tu vois, toi, ici.

Elias a hoché la tête. Il s'est tourné vers le panorama, embrassant du regard ces quartiers qui dégringolent jusqu'à la mer depuis le pied de Notre-Dame, et il a commencé à parler.

– D'abord, je vois les îles. L'archipel du Frioul : If, Pomègues, Ratonneau. Et là-bas, tout au fond, ce phare, c'est l'îlot du Planier.

Il a continué à égrener les noms des quinze îles de Marseille, comme s'il nous présentait des membres de sa famille. On aurait pu ricaner, mais ça nous a touchés de le voir ensuite tendre son doigt vers le large, dans différentes directions : il a désigné l'Afrique, l'Amérique, l'Asie... Chacun de ses gestes était dédié à un continent, ses doigts esquissaient les trajets des navires qui depuis la fondation de la ville par les Grecs, six cents ans avant Jésus-Christ, avaient convoyé des immigrants venus de la terre entière.

– C’est le destin de cette ville, il disait. Elle est comme un cœur qui bat, avec le flux et le reflux du sang à l’intérieur.

– Quel poète ! a ironisé Mattéo.

Et on s’est rendu compte à ce moment-là seulement que les paroles d’Elias, en effet, étaient un peu grandiloquentes.

Johann

Mardi, lors de cette ascension à Notre-Dame-de-la-Garde, j'ai encore ressenti quelque chose de bizarre. On était tout en haut du belvédère, avec la mer devant nous à cent quatre-vingts degrés. Ce qu'Elias nous racontait de cette ville aurait pu être raconté par quelqu'un d'autre. Je peux me tromper, mais je n'ai pas eu l'impression qu'un Marseillais, je veux dire un garçon qui aurait passé toute son enfance dans cette ville, nous en aurait parlé de la même façon. Il manquait du vécu. Il manquait des anecdotes, des histoires collectées là, en bas, dans la fourmilière. Des histoires d'école, des histoires de famille, de copains. Elias, en réalité, ne parlait que de la mer. Pas de la ville.

Au sommet de Notre-Dame, il a désigné l'entrée de la rade, par laquelle des générations de migrants étaient arrivés dans cette ville mal aimée de l'Europe blanche, accrochée au continent comme une verrue. Cette cité bariolée que les nazis auraient voulu réduire en cendres. Pas seulement parce que des résistants et des juifs s'y cachaient. Non. C'était beaucoup plus ancien que ça. Cette ville, insaisissable, ouverte au monde, toujours renouvelée par la mer, représentait le pire de leurs cauchemars.

Camille

Le soir, on est rentrés tard au gîte. Sur une idée de Mathilde, on avait acheté des « bricoles », comme elle dit. Des trucs à grignoter, pour manger direct sans faire la cuisine. Elias nous avait fait passer par la rue Longue, une rue très animée qui rappelle un immense souk, avec des marchands arabes, africains, asiatiques, des stands de toutes les couleurs proposant des marchandises du monde entier. C'était génial, on a rapporté des olives en sauce, des m'semens (sortes de crêpes à l'extérieur croustillant), des fruits séchés, des cacahuètes, des makrouts, bref, tout ce qui peut se déguster un soir de grosse flemme sans tomber pour autant dans l'insipide.

Lucas et moi, on était d'autant plus affamés qu'en arrivant, ce cher Lulu avait eu l'idée de me faire courir, après m'avoir piqué mon portable. Une poursuite autour, dans et à l'extérieur du gîte, durant laquelle j'ai cru l'attraper à vingt reprises, pour le laisser filer autant de fois, ricanant, soufflant, pouffant, mon portable tendu à bout de bras comme un trophée. J'aurais très bien pu l'ignorer et attendre qu'il me rapporte l'objet de lui-même, mais, depuis des temps immémoriaux, les taquineries de Lucas me font marcher à bloc. Je crois que lui et moi, on n'a jamais vraiment arrêté de jouer à chat. Sans l'aide d'Elias et d'Eva, qui s'y sont mis à deux pour le maîtriser, j'étais partie pour le traquer jusqu'au bout de la nuit.

Il y avait de l'ambiance, ce soir-là, et notre grignotage retentissait de gloussements incontrôlés. Ça faisait du bien de se lâcher un peu, ça nous aérait les neurones pour notre prochaine séance de révisions.

Seul Mattéo restait en retrait. Il était redevenu bougon. L'ambiance de la rue Longue, trop bigarrée pour lui, l'avait énervé. Je crois l'avoir entendu grommeler « On n'est plus en France », ou une connerie du genre.

Du coup, il s'était acheté un bon vieux paquet de chips bien grasses dans le premier Casino venu, et il l'a boulotté, noyé de rosé. Après quoi, il a demandé une clope à Eva.

– Mattéo, tu déconnes, a lâché Salomé.

– Rien à battre, il a dit en allumant sa clope.

Puis il a tendu le paquet à la cantonade :

– Qui qu'en veut ?

Eva a récupéré son paquet, tout en s'étonnant :

– C'est marrant, je t'avais jamais vu cloper.

– Oui, mais aujourd'hui j'ai envie.

Il a tiré une longue taffe, et il est parti s'installer à l'écart. Eva est allée s'asseoir à côté de lui. Ils ont fumé en silence.

Je crois qu'Eva n'a jamais vraiment apprécié Mattéo. Si ça n'avait tenu qu'à elle, ils ne se seraient pas fréquentés. À les voir fumer, côte à côte mais chacun pour soi, j'ai eu l'impression qu'elle était allée le rejoindre par pitié, et qu'elle le regrettait déjà.

Brusquement, Mattéo s'est redressé. Il a repris le paquet et s'est dirigé vers Elias :

– Prends-en une !

– Non, merci. Je fume pas.

– Moi non plus. Mais ce soir, tu vois, je fume. Allez, prends une clope !

Mattéo tendait le paquet en direction d'Elias comme on brandit une épée. Elias, lui, ne bougeait pas. Ils sont restés immobiles un long moment en se regardant au fond des yeux. Puis Mattéo a demandé, les dents serrées :

– Pourquoi tu fumes pas ?

Elias a désigné au bas du paquet l'inscription en gras :

FUMER TUE

Mattéo l'a lue à haute voix, incrédule, puis il a regardé alternativement Eva, Elias, nous. Je crois qu'à cet instant, on devait tous avoir le même air. Scotchés. On était scotchés par tant de candeur. Un petit enfant sage. Avec son sourire bon, son sourire désarmant.

Mattéo a fumé sa clope jusqu'au bout, puis il a disparu dans sa chambre.

Mathilde

Avec le surgissement d'Elias dans nos vies, les certitudes de Mattéo étaient agressées, incendiées, réduites à un tas de cendres.

Elias était trop parfait, trop héroïque. Une sorte de Gandhi, un messie des temps modernes.

Si Mattéo, dès le départ, a exprimé de la méfiance, puis de l'agressivité à son égard, il n'était pas le seul à être déstabilisé. Je crois que tous, à différents degrés, nous avons éprouvé une impression confuse de vacillement. Elias, par son sourire permanent, par le plaisir qu'il prenait à tout ce qu'il faisait, et par sa gentillesse, incarnait une certaine idée de la perfection. Et la perfection, on peut s'y brûler.

Peut-être que sa force, sa très grande force, c'était la vie. Une capacité à vivre beaucoup plus fort que nous.

Camille

La soirée se traînait comme un vague malaise. On pensait ne plus revoir Mattéo jusqu'au lendemain matin, mais il est ressorti de sa chambre en maillot, serviette sur l'épaule, et il a demandé le plus naturellement du monde :

– Un petit bain de minuit, ça vous tente ?

Grand silence. Ça nous tentait pas plus que ça, mais on avait envie nous aussi de faire un effort pour que l'ambiance s'améliore, alors on a tous dit oui.

Armés de lampes frontales, on est descendus à la calanque. Sans courir, sans jouer aux chamois dans la pierraille. Personne ne parlait, on entendait juste un grand crissement de semelles. Chacun surveillait ses pieds.

Au bout d'un temps interminable, on a fini par arriver. Sur place, ça donnait encore moins envie : l'eau noire qui clapotait sur les bords, cette masse froide en dessous...

Mattéo s'est désapé, il a plongé direct.

– Hou-hou ! Vous venez, les gros ?

Il s'agitait, faisait une écume blanche qui accrochait quelques rayons de lune. Si Lucas n'avait pas sauté juste après lui, suivi d'Eva et d'Elias, je crois que je serais restée bien tranquille sur la berge, dans mes baskets et mon pullover. On a tous fini par y aller, même Mathilde. Pour elle, nager dans l'obscurité semblait plus facile.

– Vous voyez ? a rugi Mattéo. C'est pas la fin du monde !

Pas faux. Après tout, il y a des aventures plus folles que descendre au fond d'une calanque et se tremper sous la lune.

On est sortis assez vite, et on s'est frictionnés de pied en cap avant de remonter. Les deux cents premiers mètres nous ont réchauffés. Il y a eu quelques jurons, suivis d'éclats de rire parce que l'un ou l'autre trébuchait. Mais rien de cassé, heureusement.

– Je pense à un truc ! s'est exclamé Lucas en m'agrippant le bras.

– Oui ?

– Un truc de fou ! Une conception révolutionnaire de l'architecture !

– Je suis tout ouïe, très cher.

D'entrée, je reconnaissais le ton qu'a Lucas quand il se lance dans un délire.

– Voilà : pourquoi ne pas inclure l'éboulis dans tes futurs projets architecturaux ?

Les chatouilles me montaient aux côtes, je l'ai laissé poursuivre.

– Je viens d'avoir une vision de dément : une maison avec, en guise d'escaliers, des éboulis pour passer d'un niveau à l'autre. Un éboulis pour descendre à la cuisine le matin, histoire de bien se réveiller, puis un autre pour monter à la salle de bains, hop ! et encore un éboulis pour aller aux WC, etc.

Lucas était parti comme une locomotive. Il aurait continué longtemps si le souffle ne lui avait manqué à cent mètres de l'arrivée.

– C'est quoi, vos histoires d'éboulis ? a demandé Eva, qui nous suivait de près.

Dans un souffle rauque, Lucas a craché :

– Bon... je développerai plus tard.

Revenus au gîte, on s'est tous répartis sur la terrasse. Pendant deux longues minutes, nos respirations de phoques ont rempli l'espace sonore.

Salomé, heureuse que Mattéo se soit repris, le taquinait. Elle lui faisait des chatouilles, le décoiffait, lui tiraillait le tee-shirt. Une vraie gamine. Une toute petite, qui vient trouver ses parents après un cauchemar pour vérifier qu'elle est bien revenue dans la réalité rassurante.

Eva a sorti une cigarette de son paquet, l'a portée à ses lèvres. Comme elle faisait mine de l'allumer, elle a surpris le regard d'Elias posé sur elle, un regard un peu triste, un peu absent. Elle a minaudé, a froncé exagérément les sourcils, et tous deux sont partis à rire.

– Ce cher Elias ne veut pas que je meure, a déclamé Eva, sur un ton grandiloquent. Il est chou, non ?

Elle s'est approchée de lui et l'a décoiffé d'une main vigoureuse (ce doit être une obsession féminine, ce besoin de décoiffer les mecs...). Toutefois, elle a remis la cigarette dans le paquet.

Mattéo et Salomé s'étaient installés à une table. Pas besoin de se concerter, on savait tous que ce n'était pas le moment de les déranger. Lucas a tiré une chaise à l'écart et il nous a fait signe d'approcher :

– Je repense à cette idée d'éboulis. Qu'est-ce que vous en dites ?

– Génial ! j'ai lancé, en faisant mine de réfléchir très profondément. Seul truc : il faut accepter de se trimballer en permanence avec des godillots...

Les autres ont rajouté des détails :

– Moi, je verrais bien un éboulis en pommes de terre pour atteindre la cuisine (Johann).

– Un éboulis en boulettes de parchemin pour la bibliothèque (Mathilde).

– Merveilleux ! a achevé Eva. L'éboulis, caractéristique du sol provençal : pierreux, pauvre en humus. Une architecture bien intégrée dans son milieu. On pourrait appeler ça « la calanquette », maison provençale en éboulis.

Pendant ce temps, Mattéo et Salomé trinquaient en parlant à voix basse, enfermés dans leur bulle. Ça faisait drôle, on n'avait pas l'habitude de les voir boire autant, tous les deux. Parfois, un éclat de rire sortait du silence, des pinçouillis provoquaient un petit cri. Bon enfant. Le prélude classique de la parade amoureuse.

Après quelques verres, ils ont entamé un bras de fer. Mattéo ne s'employait pas à fond. Salomé, vexée, et un peu pompette, lui donnait de petites gifles de sa main libre :

– Mais allez ! Force vraiment ! Je vois bien que tu te freines.

Lui, il rigolait, placide, feignant maintenant de flancher pour remonter son bras au dernier moment.

Eva, de son côté, n'avait pas perdu son temps. Elle s'était assise sur les genoux d'Elias, et elle s'est mise à l'embrasser. Lui, il s'est laissé faire. Entre deux baisers, ils se regardaient dans les yeux, et on voyait le sourire d'Elias, immense, plus radieux que jamais.

On a entendu une gifle bien appuyée, puis la voix de Salomé, pâteuse :

– Je te dis d'y aller vraiment ! Mattéo, ça m'amuse pas que tu me laisses gagner. Tu comprends pas que je joue plus ? Je veux faire un vrai bras de fer avec toi !

Sur le moment, on n'a pas eu conscience du malaise. On a pensé que Salomé n'avait pas l'habitude de boire – ce qui était vrai – et qu'elle réagissait de façon exagérée. Maintenant, après avoir tout rembobiné depuis le début de la semaine, depuis l'arrivée d'Elias, je réalise qu'elle était sérieuse. Sérieusement perturbée par Elias.

Mattéo, de sa main libre, s'est massé la joue quelques instants. Apparemment, ça le brûlait, et il trouvait ça beaucoup moins marrant que tout à l'heure. Un rictus traînait toujours sur ses lèvres mais son regard s'était assombri. Il fixait Salomé sans la voir, sa respiration s'accélérait. D'un seul coup, son bras s'est abaissé, celui de Salomé a heurté la table un peu fort. Elle s'est éjectée de sa chaise en glapissant :

– Mais quel con ! Je t'ai pas dit de me péter le bras !

Elle nous prenait à témoins, en se massant le coude :

– Vous avez vu ce qu'il a fait ? J'aimerais que quelqu'un lui apprenne à vivre, moi !

Salomé nous regardait à tour de rôle, nous désignait du menton pour qu'on relève le défi. Mathilde, bonne pâte, s'est assise face à Mattéo, en disant :

– Je veux bien essayer, mais tu me casses pas le bras, hein ?

– Promis.

Avec un sourire mielleux, Mattéo a plié le bras de Mathilde, doucement mais fermement, et comme au ralenti lui a fait toucher la table. Elle s'est levée, et a effectué une révérence, à laquelle son vainqueur a répondu en singeant la modestie. On a gloussé, Lucas et moi. J'avoue, on a même ri un peu plus fort que nécessaire. À cet instant de la soirée, tout aurait encore pu bien se terminer. Mais

Salomé continuait à boire, et elle défiait Mattéo en nous encourageant à le battre.

Le petit cousin s'est dévoué, puis Eva, puis moi, puis Lucas. Je crois pas qu'on se soit laissé faire, et d'ailleurs, j'ai eu l'impression que Mattéo produisait vraiment des efforts, surtout contre Eva et Lucas. Mais le verdict a été le même.

Enfin, il s'est tourné vers Elias.

Lucas

Le concours de bras de fer : une proposition de Salomé reprise à son compte par Mattéo.

Un camarade flamboyant, Mattéo... Drôle, un peu fou parfois, qui avait l'instinct du chef de bande. De plus en plus ces derniers temps, d'ailleurs.

Pourtant, défier tout le monde au bras de fer, ça, il ne l'avait jamais fait. Et malgré les piqûres d'insecte d'une Salomé un peu paf, je pense qu'il n'aurait jamais proposé ce genre d'exhibition sans la présence d'Elias dans notre groupe. Il savait – nous savions tous – que le plus fort, c'était lui, il n'avait aucun besoin d'en rajouter.

– À qui le tour ? il a dit, après que je me suis incliné.

Comme plus personne ne restait à part Elias, tous les regards se sont dirigés vers lui. Il nous observait de son air bienveillant, un peu désolé par ce qui nous était arrivé (j'ai pensé). Mattéo a lancé, d'un air faussement détaché :

– Ah, mais il y a encore toi !

Je ne sais pas si les autres ont perçu que Mattéo en faisait trop. Je le connais par cœur, et j'ai su, à cet instant, qu'on entrait dans la phase que j'avais toujours redoutée. Cette phase destructrice vers laquelle Mattéo, depuis le début, était attiré comme un papillon de nuit par la lumière.

Je sens beaucoup de choses. Ça ne me sert pas vraiment parce que je ne sais pas convaincre les gens. J'ai comme des flashes, des intuitions, mais les mots me manquent dès que j'essaie de décrire ce que je ressens. Quand Elias a fini par se lever, et par s'approcher d'un petit pas hésitant, comme pour dire non, s'il te plaît, laisse-moi en dehors de tout ça, j'ai compris que Mattéo avait signé son arrêt de mort.

Johann

Lorsque Elias a saisi la main de Mattéo, son visage exprimait une gêne profonde. Son regard fuyait un peu, il ne regardait pas Mattéo en face. Quiconque, ne le connaissant pas, aurait mis ça sur le compte de la peur, de la soumission face à un adversaire qu'il estimait plus fort que lui. Moi, je commençais à connaître Elias. Suffisamment en tout cas pour savoir ce qui allait se passer. Et j'ai vu sa main, tenant celle de Mattéo enfermée entre ses doigts, s'abaisser inéluctablement, sans trembler, sans éprouver la moindre difficulté, je l'ai vue faire plier le bras de Mattéo jusqu'à toucher la table, puis le maintenir plusieurs secondes immobile, aussi mort qu'un bout de bois.

Certains en ont voulu à Elias de ne pas avoir laissé gagner Mattéo. Selon eux, ça aurait calmé le jeu.

– Puisqu'il est si bon, cet Elias, pourquoi il n'a pas mis sa fierté de côté ?

C'est Mathilde qui m'a demandé ça, texto. Elle pensait qu'Elias n'aurait jamais dû accepter le défi.

Pour moi, ça aurait été un très mauvais calcul. Parce que si Mattéo avait vraiment cru gagner, il aurait continué à se croire le plus fort. Or, en montrant ses limites à Mattéo, Elias lui rendait service. Un peu comme s'il lui disait attention, ne va pas plus loin, tu pourrais te faire mal.

Mathilde

Le lendemain de la « soirée bras de fer », Mattéo s'est réveillé dégrisé. Pour la seconde fois, il s'est excusé. Auprès de nous et auprès d'Elias.

Je m'en voudrais de formuler le moindre reproche à l'égard d'Elias, il s'est montré si patient avec moi l'autre jour, dans la calanque, tandis que Mattéo ne parvenait qu'à me bloquer davantage. Pourtant ce garçon, d'une manière involontaire, pose problème.

Par exemple, j'aimerais prendre autant de plaisir que lui à tout ce que je fais, même aux actions les plus quotidiennes. J'apprécierais aussi qu'on m'admire autant que lui. Heureusement, chez moi, ces désirs vagues se maintiennent à un niveau raisonnable. Tout comme, me semble-t-il, chez Lucas, Johann, Eva ou Camille. Je n'en dirais pas autant de Salomé. Sans me lancer dans de la psychologie de bas étage, moi qui la connais peut-être mieux que tout le monde ici, je la crois gênée par cet étincellement que provoque Elias partout où il passe, et qui a sur Mattéo un effet néfaste.

En effet, tant que nous étions à ses pieds, Mattéo tenait tranquillement son rôle de chef de bande, et, je dois dire, plutôt modestement. Jamais je ne l'ai vu se pavaner comme certains coqs de lycée qui abusent de leur ascendant sur les autres pour jouer les stars, ou pour mettre au ban ceux qu'ils ont dans le nez.

Elias est le grain de sable qui a tout déréglé.

Même Eva, qui pourtant n'est pas connue pour être sage, ne s'est pas comportée comme on aurait pu s'y attendre. Au lieu de passer la nuit quelque part au fond des bois, dans les bras de son bel amoureux, elle est venue se coucher bien sagement dans la chambre que nous partageons, et à ce qu'il m'a semblé, elle y a passé toute la nuit. Je me suis demandé si Elias l'avait repoussée, ou si, en proie à une émotion nouvelle, elle avait besoin de digérer ce qui lui arrivait. Et le fait qu'elle ne m'ait rien raconté à ce moment-là m'a confortée dans l'idée que notre Eva, elle aussi, subissait une influence inhabituelle.

Après le petit déjeuner, chacun s'est mis à l'œuvre pour confectionner une recette. Le mot d'ordre était « facile mais bonne ». Il y avait des Tupperware, du papier alu, des sacs à dos, et bien sûr huit dos prêts à être chargés...

Une fois les pique-niques rangés dans les sacs, on a pris à travers la pinède un GR qui menait à la calanque de Sugiton. Au sortir du bois, le paysage s'est ouvert sur les contreforts du mont Puget. Mattéo nous désignait, côté mer, la « Grande Candelle » et le « Candellon », deux cheminées de calcaire blanc qui s'imprimaient sur le ciel.

– De là-haut, on a une vue magnifique sur la région. Ça grimpe jusqu'à cinq cent soixante-trois mètres d'altitude. Ça paraît pas beaucoup, cinq cent soixante-trois mètres, mais quand ça démarre de zéro, ça fait quand même très haut.

On a emprunté un chemin qui descendait à flanc de massif. Au bout de vingt-cinq minutes, on est arrivés en vue de Sugiton, la calanque préférée des garçons et de Camille. Le sentier surplombait une crique remplie de « cheminées » blanches. Une eau turquoise miroitait tout en bas, un vrai paradis !

Je me suis laissé gagner par une sorte d'euphorie. Il y avait des rochers superbes (on aurait pu imaginer des personnages sculptés dessus, des centaines de personnages, comme une fresque titanesque), et sur la falaise, à notre gauche, des mordus d'escalade s'apostrophaient (en hollandais, je crois). Je me suis promis de regarder sous l'eau, aujourd'hui, et de chasser très loin mes démons aquatiques.

Parvenus au bas des falaises par un sentier de plus en plus étroit, crevé de racines biscornues, on a pris pied sur des roches plates, très blanches, posées sur l'eau turquoise. Devant nous, à une dizaine de mètres, un îlot aux allures de navire, que Mattéo nous a présenté comme le « Torpilleur », bornait une cuvette peu profonde. Nous avons tous jeté nos habits, enfilé nos masques, et nous voilà dans l'eau. Jusqu'au Torpilleur, un tapis de mousse recouvrait le fond. C'était douillet et, selon le thermomètre de Lucas, l'eau s'était réchauffée d'au moins un degré !

Dix-sept degrés, ça fouettait quand même un peu, mais passé quelques mouvements on s'y faisait. Elias, qui nageait près de moi, m'a demandé si tout allait bien. Je lui ai répondu avec le geste des plongeurs dans les documentaires sous-marins, pouce et index formant un cercle. On a nagé jusqu'au Torpilleur, puis un peu à sa droite, où la profondeur était plus importante. Elias a descendu en apnée plusieurs mètres sous la surface. Il ressemblait à un dauphin, chaque ondulation le propulsait un peu plus bas. C'était doux, et très gracieux. Je me suis rendu compte que, plus loin, les autres exécutaient eux aussi un ballet ; ils gagnaient une profondeur de plusieurs mètres, puis se laissaient mollement remonter vers la surface.

Comme dans la petite calanque du premier jour, il y avait des poissons, partout. Je reconnaissais ceux qu'Elias m'avait montrés : des girelles, des girelles royales, des oursins, des étoiles de mer et, dans le fond, au milieu des algues, les éclairs argentés d'un banc de sars.

Voyant que j'hésitais à suivre le groupe, Elias est revenu vers moi. Il m'a entraînée du côté moins pentu.

– Tu n'es pas encore prête, il m'a dit. Il ne faut pas brusquer les choses. Restons ici, et habitue-toi à observer : les formes, les couleurs, les reflets. Les ombres et la lumière sous la surface.

Je suivais ses conseils, et ce monde englouti me devenait de plus en plus familier. Elias m'a effleuré le bras. Il désignait une grosse pierre émergeant d'un tapis d'algues. Rien de particulier *a priori*, sauf qu'en y regardant de plus près, j'ai distingué dans une fente du rocher des tentacules violacés et une grosse tête avec deux yeux sévères. Un poulpe ! Je n'en avais vu qu'à la télé. La bête était peureuse, sitôt qu'on s'approchait elle reculait dans l'anfractuosité. Il fallait alors attendre une bonne minute, à trois mètres de distance, pour la voir s'aventurer de nouveau à l'extérieur de son abri. À un moment, comme Elias le chatouillait d'un peu trop près, le poulpe a craché un nuage d'encre noire, et il a disparu.

Elias, hilare, m'a demandé si j'avais froid. Toute à mon émerveillement, je ne m'étais pas rendu compte que je tremblais des pieds à la tête.

Quand on est remontés sur les pierres plates, les autres étaient tous là. Certains se séchaient vigoureusement avec leurs serviettes, d'autres ouvraient déjà les sacs pour sortir les pique-niques. Il y avait du cake au saumon (Salomé), des courgettes à la menthe (Eva), de la salade grecque (Lucas), de la pissaladière (Camille), de la salade de fruits (Elias), du gâteau au yaourt (Johann), du gâteau au chocolat (Mattéo) et de la tarte au citron (moi-même). Comme boisson, de l'eau en quantité et du café dans un Thermos. Le rosé ne réussissant pas à tout le monde, nous avions décidé de nous en passer.

Les Tupperware ont été ouverts, puis disposés au centre de notre cercle. Mattéo s'est levé, il nous a demandé de compter avec lui :

– À la une... à la deux... à la trois !

À la trois, nos seize mains se sont jetées sur la nourriture.

Salomé

Après le repas, Mattéo s'est curé les dents théâtralement avec la pointe de son gros Opinel, encore tout gras de cake au saumon, il a crachoté bruyamment, récoltant quelques « beeerk ! », a balancé l'Opinel au milieu des Tupperware, puis il a sauté sur ses pieds :

– Je propose de repiquer une tête !

J'ai suivi, avec Lucas, Johann et Mathilde.

Eva, Elias et Camille ont préféré faire la sieste. Tels de gros lézards, ils sont restés allongés contre la pierre chauffée, et ils nous ont adressé un salut tout mou, la tête enfouie sous un tee-shirt.

Mathilde était vraiment surprenante. Elle a tenu à nager là où la calanque atteint huit ou dix mètres de profondeur. Je la suivais de loin, prête à réagir au moindre signe de panique. Mais elle était décidément devenue quelqu'un d'autre. Elle effectuait même des plongées timides, à deux, trois mètres sous la surface et se laissait remonter sans précipitation.

Comme j'observais Mathilde, je ne me suis pas rendu compte que Mattéo nageait tout près de moi. J'ai senti ses mains sur ma taille, puis sa poitrine contre mon dos. Il m'a enlacée très tendrement, tout en effectuant de petits mouvements de jambes pour nous maintenir à la surface.

J'ai oublié Mathilde, je me suis laissé entraîner par Mattéo, qui s'était mis à nager, lentement, attentif à ne pas me donner de coup. On a contourné le Torpilleur, et le rivage a disparu totalement à mes yeux. Derrière nous, la pleine mer ; devant nous, une paroi rocheuse, et plus haut, un surplomb garni de buissons. Un nid d'amour très romantique ! On a tendu nos mains vers les premiers appuis de la roche, et on a commencé à escalader vers le surplomb. C'était bien, cette sensation de s'élever au-dessus de la mer, sans savoir exactement où ça m'entraînerait. Je savais juste que Mattéo et moi, on s'était enfin décidés.

Eva

Il m'a fallu toute la matinée pour trouver la force, ou plutôt le culot, de m'approcher à nouveau d'Elias. L'embrasser hier, dans le feu d'une soirée sympathique, avait été un jeu d'enfant. Un jeu, justement... Aujourd'hui, ça signifierait autre chose. J'avais peur qu'il me repousse. Qu'il ait accepté sans réfléchir, hier, et le regrette à présent.

Je me suis approchée de lui par-derrière. Il surveillait Mathilde, qui évoluait à quelques mètres du bord. Je me suis collée à lui, tout doucement, et j'ai senti sa main qui cherchait la mienne. Alors j'ai su que tous les deux, on avait passé un cap.

Quand Mattéo et Salomé sont revenus, ils se tenaient par la main. Ils ont grimpé sur les pierres plates en se jetant un regard complice.

Nous, on était rhabillés depuis longtemps. On avait presque tout chargé dans les sacs, remis nos chaussures, et on était prêts à remonter au gîte.

– Waouh ! a soufflé Mattéo. Vous êtes bien pressés !

– Pas du tout, a grincé Lucas, ça fait juste une heure qu'on vous a perdus de vue. On allait signaler votre disparition aux marins-pompiers.

– Taratata... a persiflé Mattéo en attrapant sa serviette. On n'était pas perdus, et Salomé se trouvait en de bonnes mains, pas vrai ?

En disant ça, il a pris son plus pur air coquin (ou vicieux, au choix). Salomé lui a tiré la langue, comme on fait toutes quand notre mec se la joue. Et Mattéo, pour se faire pardonner, l'a embrassée devant nous. C'était leur premier baiser en public, celui qui officialisait une relation si attendue.

On a applaudi. Ils ont tous les deux effectué une révérence. Et quand ils se sont redressés, Salomé a remarqué la main d'Elias sur ma hanche. J'ai vu son regard se ternir, une fraction de seconde, presque rien. Le problème, c'est que je n'ai pas été la seule. Mattéo, lui aussi, a remarqué l'expression de Salomé.

Johann

Je ne suis pas sûr que Mattéo ait vu le visage de Salomé. Seulement, ils se tenaient par la main. Et la main, c'est un bon conducteur d'émotions. On sent les crispations de l'autre, ou ses relâchements. Un tas de choses passent par la main, par la peau, pour exprimer ce que les mots veulent cacher.

Quand Salomé a vu Elias et Eva serrés l'un contre l'autre, elle s'est raidie, imperceptiblement. Je suis persuadé que dans d'autres circonstances elle aurait été heureuse pour Eva. Seulement, Mattéo et Salomé, c'était quand même le couple de l'année, celui dont tout le monde attendait l'éclosion. Alors, c'est bête à dire, et Salomé serait la première à en avoir honte, mais quelque part, je crois qu'elle a été jalouse de ce couple qui piquait la vedette au sien, et de la facilité avec laquelle il s'était formé.

Mattéo a suivi son regard et l'a mal interprété. Il a pensé que Salomé à cet instant aurait préféré être à la place d'Eva. C'est ainsi que je m'explique la suite, en tout cas.

Quoi qu'il en soit, la situation s'est vraiment gâtée à ce moment-là. Mattéo a lâché la main de Salomé, il s'est essuyé très lentement avec sa serviette. Il a enfilé son short, son tee-shirt, ses chaussures de course. Il a tourné la tête vers Salomé, et il a constaté qu'elle tenait toujours son regard braqué sur Elias et Eva. Alors il s'est approché des affaires qui n'avaient pas encore été remballées, il s'est baissé vers les derniers couverts du pique-nique, a saisi le gros Opinel.

Lorsqu'il s'est redressé, Elias, qui l'avait observé durant tout ce temps, avait déjà commencé à courir.

À l'entame de la descente sur Cassis, Mattéo aperçoit la Twingo, environ trois cents mètres en arrière. Conformément au plan qu'il vient d'élaborer, il crie :

– Les flics, putain ! Les flics !

Elias se retourne, trop furtivement pour distinguer que le véhicule, derrière Mattéo, n'est pas un véhicule de police. Il enjambe aussitôt le parapet pour couper à travers la garrigue. Mattéo s'élance derrière lui, quittant la route à son tour.

La voiture pile. Lucas en jaillit comme une balle en criant, mais les deux autres sont déjà loin. Ils lèvent haut les genoux, comme l'avant-veille, afin d'enjamber les épineux. La Twingo, sur le bitume, avance par à-coups. À l'intérieur, concentré à bloc, Johann se tient prêt pour relayer Lucas en cas d'échec.

Au début, Lucas remonte sur Mattéo. Le repos qu'il vient de prendre depuis que la voiture l'a récupéré, tout à l'heure, sur la piste forestière, lui procure un avantage certain. Mais la distance demeure importante. Ce qu'il ne comprend pas, c'est pourquoi Elias est sorti de la route. Ni pour quelle raison Mattéo, de temps à autre, se met à crier :

– Cassez-vous ! Sales flics !

Et puis, au moment où ses forces l'abandonnent de nouveau, Lucas comprend le stratagème de Mattéo : Elias ne le livrera pas aux flics, il le sait. Et il en abuse.

Johann

Quand je me suis éjecté de la voiture pour relayer Lucas, je me suis pris aussitôt pour un para en mission très importante. Il fallait que j'intercepte ma proie avant qu'elle n'intercepte la sienne.

Premier problème : ma proie, c'était mon cousin, champion de France junior de triathlon et, depuis deux heures, livré à une folie meurtrière. Deuxième problème : le terrain sur lequel nous évoluions, garrigue instable, épineuse, glissante, coupante, et complètement différente de la piste d'athlétisme du lycée, seul terrain où je pratique l'endurance. Si on ajoute à ça le fait que je ne peux pas courir deux kilomètres sans souffler comme une otarie asthmatique, on comprendra que ma proie n'avait pas trop de souci à se faire.

Mon seul avantage dans cette situation : j'étais beaucoup plus frais que Mattéo. La voiture m'avait lâché assez près des coureurs, sur une sente abrupte, semée de gros blocs de calcaire, qui venait raser la route un moment avant de s'en éloigner de nouveau et de dégringoler vers Cassis. La distance qui me séparait de Mattéo n'atteignait pas vingt mètres. En sprintant à bloc, j'avais des chances de le rattraper. Il me fallait tout donner, absolument tout. Et c'était assez grisant de constater que, sur une très courte distance, je me rapprochais de Mattéo. À mesure que je gagnais sur lui, un son devenait de plus en plus audible : sa respiration. C'était effroyable à entendre, un souffle qui n'appartenait pas à un humain, une plainte rauque. En réalité, Elias n'avait plus rien à craindre de lui. Cette course n'était pas, comme nous l'avions cru, la course d'un meurtrier. C'était celle de quelqu'un qui se suicide.

Cette pensée, alors que j'avais considérablement réduit l'écart entre nous, s'est insinuée en moi, et peu à peu, elle a tétanisé mes muscles. J'ai vu Mattéo s'éloigner, à la poursuite de son dernier souffle.

Camille

Quand la voiture m'a lâchée (et a récupéré un Johann tout pantelant), j'ai pensé que je les coincerais. Premièrement, parce que d'où je me trouvais, je voyais un sentier qui coupait droit vers le leur. Deuxièmement, parce que j'étais beaucoup plus fraîche qu'eux, et plus sportive que notre pitchounet.

Et en effet, mon itinéraire m'a permis de me retrouver à quinze mètres de Mattéo. Douze mètres. Dix mètres. Huit. Je le voyais bien, il était à la limite de la rupture : il soufflait comme un âne, n'était plus gainé du tout, et ses bras flottaient autour de son corps, parfaitement inutiles.

Je l'aurais rattrapé sans aucun doute si on n'avait pas atteint les abords de Cassis. Passé les quartiers résidentiels peu animés, on s'est engouffrés sur une artère importante qui menait au port. Le trafic y était plus dense, des piétons assez nombreux remplissaient les trottoirs. Un groupe de touristes m'a momentanément séparée de Mattéo. Pour couronner le tout, un fourgon qui manœuvrait m'a immobilisée vingt grosses secondes. Après, j'ai perdu de vue les garçons.

– Où ils sont ? Tu les vois toujours ?

La Twingo m'avait rejointe à l'orée du centre-ville, après avoir pas mal poireauté dans les embouteillages.

– Non. Aucune idée.

Lucas a réfléchi. Puis il est sorti de la voiture, entraînant Johann, Mathilde et Salomé :

– On va se séparer : nous cinq on part à pied, dans cinq directions. Toi, Eva, tu restes garée ici et tu contrôles cette entrée du centre-ville pour les choper s'ils se mettent en tête de repartir vers Marseille. On reste connectés par portable.

– Lucas... a bredouillé Salomé. Tu les crois encore capables de repartir en sens inverse ?

– Je crois qu'ils sont capables de faire absolument n'importe quoi.

Eva

Je suis restée garée à l'endroit où la rue principale pénètre dans le centre-ville. « En planque », comme on lit dans les polars.

J'ai réalisé que depuis le début de la poursuite, je n'avais pas eu le temps de penser à Elias. Je veux dire, de réfléchir à ce qui nous arrivait. En rembobinant ce moment magique, à midi, sur les pierres blanches, des bouffées de bien-être sont remontées. J'ai revu tout près de moi son visage rayonnant, j'ai senti son corps chauffé par le soleil, l'odeur de sa peau, son goût un peu salé, son grain parfait, et je me suis demandé si je n'avais pas rêvé.

Pourquoi Elias m'avait-il choisie, moi ? Parce que j'étais la plus entreprenante ? Et si Salomé,

Mathilde ou Camille s'étaient jetées sur lui ? Est-ce qu'il aurait aussi accepté qu'elles l'embrassent ?

J'ai eu un instant la drôle d'impression qu'Elias était ce qu'on voulait qu'il soit. Qu'il n'était pas réel.

Mon portable a vibré sur le tableau de bord. C'était Mathilde.

– Eva, je les ai repérés. Ils couraient sur la plage, au milieu des gens. Elias s'est baissé pour prendre une bouteille d'eau à un touriste. Ils ont parcouru toute la plage en zigzags, puis ils sont remontés vers les hauts de Cassis, par des ruelles très étroites. Là, j'ai perdu leur trace.

– Merci, Math. Je transmets aux autres.

Lucas a décroché à la première sonnerie. Il parlait de façon hachée.

– J'étais en train de t'appeler, parce que je suis derrière eux. Enfin... Un peu loin... Mais je crois savoir où ils se dirigent.

– Oui ?

– Vers la route des Crêtes.

Mathilde

On s'est tous retrouvés au départ de la route des Crêtes. Lucas a dit, en crachant ses poumons :

– Ils ont filé vers là-haut. S'ils restent sur la chaussée, on peut les rattraper assez vite.

Fermée par temps de mistral, cette route relie Cassis à La Ciotat. Elle monte jusqu'au cap Canaille, les plus hautes falaises maritimes d'Europe : un à-pic de trois cent quatre-vingt-dix mètres au-dessus de la mer. Des falaises ocre de toute beauté, que certains choisissent comme décor pour leur dernier plongeon.

La voiture a emprunté la montée en lacets qui domine les vignobles en étages de Cassis. Derrière la vitre, j'avais l'impression de tourner dans un film d'aventure, une poursuite impitoyable au milieu de paysages grandioses.

J'avoue, je transforme un peu tout en scénario de film ou en scène de roman. Pour l'instant, je n'ai jamais osé vraiment prendre la plume et me lancer dans la rédaction d'une histoire. Je me contente de lire celles que d'autres ont imaginées. Mais un jour peut-être, quand j'aurai le temps, et la disponibilité d'esprit...

Elias a le front inondé de sueur, sa foulée s'est ralentie. Parfois, son pied se pose de travers, il se rattrape aussitôt et reprend, inlassablement, sa progression vers le haut de cette nouvelle côte, malgré la souffrance qui s'accumule dans les muscles, dans les articulations, et ce cœur qui fatigue, ces poumons qui commencent à chauffer.

La route s'élève au-dessus de la mer, à cette heure où elle commence à s'ébrouer, gonflant son tapis de reflets argentés. La vision de Mattéo, qui n'a pas bu depuis longtemps, est obscurcie par des vertiges. Du paysage, ses sens détraqués lui renvoient l'impression d'un escalier aux marches titanesques. Après chaque marche, son corps vibre des pieds à la tête, les vibrations se transmettent à toute son ossature, et il a mal. Pas à un endroit défini. Il a mal dans tout son corps, c'est comme une gigantesque inflammation, un feu, un incendie. Chaque goulée d'air le blesse plus profondément, et son cœur... Son cœur a perdu les pédales. Jamais Mattéo ne s'est hasardé dans des territoires aussi périlleux. Il court aujourd'hui hors limites, et la phrase d'Elias résonne dans sa tête :

– Tu vas mourir.

Lucas

Un sportif de haut niveau ne peut pas se mettre en danger. Voilà ce que j'ai retenu du cours de physio. Les accidents cardiaques, par exemple, ne surviennent pas chez un sujet jeune et très entraîné. Seul risque si l'on va trop loin : l'épuisement. Qui représente une protection naturelle de l'organisme. De lui-même, le corps de Mattéo devrait s'arrêter d'avancer. Il s'effondrera, quelque part sur la route, ou dans la garrigue, ses jambes refuseront de lui obéir, et après un temps de repos plus ou moins long, il s'en remettra.

J'ignore si Elias sait tout cela. Si oui, il aura voulu avertir Mattéo d'un autre risque : l'accident dû aux crampes. Car, même entraîné, un corps ne peut résister à la déshydratation. Et si, comme l'a rapporté Mathilde, Elias est parvenu à boire en s'emparant d'une bouteille sur la plage, Mattéo, lui, ne l'a pas fait. Les crampes ne vont pas tarder à le faire souffrir ; de plus, une baisse de tension est envisageable. En soi, cela ne sera pas mortel, mais une chute reste possible, et dans ce relief accidenté, barbelé de rochers pointus, d'épineux, de ravins, rien ne garantit qu'elle soit bénigne.

Certains attribuent des pouvoirs surhumains à Elias. Ils ne sont pas loin de voir en lui un mutant. Un être venu d'une autre planète.

On nage en plein délire, là ! Elias est simplement plus fort que tout le monde, en sport, en gentillesse, en délicatesse. Pourquoi ? Ça, je n'arrive pas à me l'expliquer, moi non plus. Mais il y a forcément une explication. On entend souvent dire que l'être humain n'utilise que dix pour cent de ses capacités. Alors pourquoi envisager tout de suite l'irrationnel ?

Moi, je n'ai pas besoin de réponse pour chaque question que je me pose. Je sais que je mourrai sans les avoir toutes obtenues. Peut-être que le monde serait trop nu, ou trop dur, ou trop vide, si tous nos questionnements trouvaient des réponses.

Elias, j'en suis persuadé, ignore ce genre de préoccupations. Voilà pourquoi il est si fort. Le doute a des prolongements dans nos muscles, il y forme des entraves microscopiques qui empêchent de jouer à plein. Lui, tout ce qu'il fait conserve une extrême fluidité. Seule la rage de Mattéo peut rivaliser avec ça.

Mathilde

La voiture grimpait vers le cap Canaille. Je me suis imaginé qu'on nous filmait depuis un hélicoptère, la Twingo devait ressembler à une puce gravissant le flanc d'un chien gigantesque (encore un de mes scénarios...). Une voix commentait l'ascension de la puce, une de ces voix qui dans les documentaires traduisent de l'enthousiasme pour le miracle de la vie, et en même temps un certain fatalisme quant à la fragilité de l'existence. Il suffirait par exemple que le chien s'ébroue, ou qu'il se gratte le cou avec sa patte, pour que la puce fasse un plongeon spectaculaire. Trois cent quatre-vingt-dix mètres de vol plané jusqu'à la mer.

Je me suis demandé si je n'avais pas abusé de lectures surréalistes, ces derniers temps. Ou bien c'était le stress, l'anxiété de cette poursuite qui durait depuis bientôt trois heures et qui nous menait vers l'inconnu. Quand Mattéo avait saisi le couteau, il n'avait pas simplement effectué un geste dangereux. Il nous avait précipités avec lui dans une situation inédite, incompréhensible, aux bornes de la folie.

En réalité, Mattéo n'y était pour rien. L'artisan de cette situation, c'était Elias. Elias qui, depuis son apparition, avait distendu le fil de nos existences.

À présent, Elias et Mattéo ont de nouveau quitté la route pour s'engager dans le chaos de blocs et de ravins qui dégringole jusqu'à La Ciotat, de l'autre côté du cap Canaille. Une arche minérale de toute beauté, à mi-chemin de la pente, semble avoir été modelée aux temps préhistoriques.

Difficile de dire ce que pense Mattéo de ce paysage. Car il lutte de toutes ses forces pour surmonter l'épreuve qu'il s'est lui-même imposée. Pour Elias, en revanche, une chose est certaine : où qu'il soit, même inconsciemment, il conserve intacte sa capacité d'émerveillement. Peut-être est-ce là sa très grande force. Le plaisir ressenti à chaque respiration, à chaque pas. De même que les neurosciences ont désigné le plaisir comme moteur essentiel de l'apprentissage, on peut y voir aussi le moteur principal de l'existence et de la réussite. De la réussite à vivre. Chaque jour de vie supplémentaire n'est-il pas une réussite ?

Camille

Je me souviens très bien de cet endroit sur la route des Crêtes. Avec Lucas, on était partis en colline pour la journée. Depuis La Ciotat, on était montés jusqu'à la Vigie, qui offre une vue sur toute la côte depuis Marseille jusqu'à Toulon. On avait rêvé un moment sur la table d'orientation indiquant des villes lointaines : Lyon, Toulouse, Madrid, Alger, Bruxelles, Rome... Chacun de ces noms représentait une promesse de voyage. On avait l'impression que ces villes se nichaient juste après les collines, derrière un repli de l'espace. On sentait presque leur densité autour de nous dans la brume qui montait de la mer.

On avait suivi quelque temps la route en direction de Cassis, puis un sentier chaotique jusqu'à cette arche minérale qui nous avait toujours fait rêver. On s'était plantés sous l'arche, et on avait pique-niqué en silence, au-dessus de la baie de La Ciotat, avec ce paysage qui s'effiloche, succession de caps de plus en plus clairs, de plus en plus immatériels, jusqu'à Toulon. Au-delà, engloutis par la distance, il y avait encore Antibes, Nice, l'Italie. On savait tout ça, on repensait aux noms sur la table d'orientation, et on avait l'impression d'être un peu partout à la fois, comme des particules libres à travers l'atmosphère. On en a reparlé plusieurs fois, avec Lucas, de cette impression qu'on avait eue tous les deux. Et aujourd'hui, en apercevant l'arche minérale à travers la vitre, on y a repensé en même temps, j'en suis persuadée.

Pour la deuxième fois, j'ai glissé ma main à l'intérieur de celle de Lucas. J'aurais voulu m'y blottir tout entière.

Lucas

Mattéo n'avait pas l'âme d'un tueur. Il ne possédait aucune arme : ni poing américain, ni machette, ni batte de base-ball. Et il n'aurait jamais imaginé qu'il désirerait un jour la mort de quelqu'un.

Les tatouages de squelettes sur ses omoplates, le cynisme dans ses propos, tout ça, c'était juste une panoplie pour épater les filles. Il s'était mis dans la tête qu'un peu de provoc dans cette vie trop lisse confère un pouvoir de séduction, et il n'avait pas vraiment tort. Si Elias n'était pas arrivé, avec son visage d'ange ensoleillé, il aurait coulé de beaux jours avec Salomé.

Non. Mattéo n'avait pas l'âme d'un tueur. Pourtant, si à cet endroit de son histoire il avait eu un flingue, il l'aurait utilisé sans hésiter.

Et la fin aurait été bien différente.

La voiture est trop loin des coureurs pour tenter quelque chose. Ses six occupants assistent, impuissants, à cette scène qui semble ne plus vouloir finir.

À La Ciotat, Elias va sans doute rejoindre le centre-ville, comme il l'a déjà fait à Cassis, pour tenter une seconde fois de se perdre dans la foule. S'il n'y est pas parvenu tout à l'heure, c'est qu'il a joué de malchance.

À moins que...

Le doute s'empare de certains membres du groupe (Mathilde ? Salomé ?). Et si Elias, depuis le début, poussait Mattéo à s'épuiser ? Et si en réalité le fuyard avait prémédité son coup ?

Les protagonistes de ce drame sont parvenus dans cet entre-deux de l'esprit où l'on envisage tout et son contraire. Les pensées fusent, s'entremêlent, et il faut s'accrocher très fort pour conserver un semblant de raison.

Lucas a doucement retiré sa main, privant Camille de son doux cocon. Il pianote sur son portable.

– Qu'est-ce que tu fais ? lui demande-t-elle.

– J'avertis la police.

Elias et Mattéo longent de grands immeubles plantés dans la garrigue à la lisière de La Ciotat. Quelques habitants accoudés aux balcons les regardent passer. Ils ne peuvent pas voir le couteau que Mattéo a dissimulé dans la poche de son bermuda. On les prend pour des joggers en pleine séance d'entraînement. Un regard attentif remarquera le teint pâle de Mattéo, mais il mettra cela sur le compte d'une saine fatigue. Certains, d'ailleurs, ont déjà vu le jeune champion sprinter, le visage congestionné, dans la dernière partie d'une séance de cardio. Il faudrait vraiment le connaître très bien pour remarquer que cette fatigue-là, Mattéo ne l'a jamais éprouvée.

À la sortie du pâté d'immeubles, Elias a pris en effet la direction du centre-ville. La rue descend vers le port. Il se retrouve sur une grande place, oblique à gauche après le cinéma Lumière, choisit une ruelle piétonne, parcourue par quelques badauds. Au sortir de la ruelle, le port. Sans réfléchir, et parce qu'il connaît mal la ville, Elias prend à droite. Mattéo s'en réjouit. L'agglomération cessera bientôt, laissant place à une enfilade de calanques, où il pourra le coincer.

Les deux coureurs longent les grues du chantier naval, en partie abandonné. Elias aperçoit des entrepôts en ruine sur la gauche. Trouver une cachette de ce côté lui semble un instant envisageable, mais un grillage rouillé le dissuade de tenter une incursion. Il poursuit.

Elias ignore qu'il arrive sur le domaine que, depuis l'enfance, Mattéo, Lucas et Camille ont élu comme le lieu privilégié de leurs plongées. Et derrière lui, Mattéo, malgré sa grande fatigue, jubile. Le sort le favorise enfin. Bientôt, Elias sera à sa merci ! Quand on n'est pas du coin, il y a des choses qu'on ne peut deviner.

Par exemple que la route s'arrêtera net, après avoir longé plusieurs calanques, de plus en plus sauvages. À l'issue d'un ultime raidillon, elle atteindra un point de vue grandiose : une calanque dont le nom provençal est Nègue Froume (« la femme noyée »). Au pied de la calanque, au terme d'une dégringolade dans la roche glissante, une petite langue de terre s'avance sur une dizaine de mètres. Au-delà, à huit cents mètres au large, l'île Verte. Mattéo a remarqué l'aisance d'Elias dans l'eau, pourtant il pense le rattraper facilement, au cas où il parviendrait jusqu'au bout de la presqu'île et s'élancerait dans la mer. La natation ne constitue-t-elle pas son point fort dans le triathlon ?

Elias ralentit l'allure : il n'est pas coutumier de cette roche constituée de galets agglomérés, sur lesquels il faut poser le pied prudemment parce que certains se détachent, et roulent sous les semelles. Mattéo, lui, connaît chaque pouce du terrain. Il concentre l'énergie qui lui reste dans l'effort qu'il fournit pour abolir l'espace entre Elias et lui. Et la distance se réduit.

Cent vingt mètres.

Cent dix.

Lucas

À cause du sens unique de l'avenue Louis-Crozet, on n'a pas pu suivre en voiture nos deux coureurs. Même stratégie que tout à l'heure, dans la descente sur Cassis : Eva m'a débarqué. Certes, le flot des piétons sur le port m'a empêché de les rattraper, mais j'ai pu voir qu'ils bifurquaient vers les calanques du Mugel.

La voiture m'a rejoint au niveau du parking. On a tous continué à pattes. Quand on a pris pied sur le point de vue qui domine la calanque de la Femme noyée, Mattéo avait rejoint Elias sur la presqu'île. On ne les entendait pas, en raison de la distance, mais on a tous vu Mattéo sortir le couteau de sa poche.

– N'essaie pas, dit Elias doucement, comme on parle à un petit enfant. Ce n'est pas à moi que tu vas faire du mal.

Tout en parlant, il a ôté son bermuda et ses chaussures, sans quitter des yeux Mattéo qui avance en dépliant l'Opinel.

– Si, justement. Je vais te faire du mal. À toi ! Peu m'importe après. Il faut que ça s'arrête, tout ça. J'en peux plus, tu m'entends ?

Mattéo titube, s'immobilise pour reprendre son souffle, comme si ces quelques mots l'avaient épuisé.

Elias, sans le quitter des yeux, enlève sa chemise, la laisse tomber sur le rocher. Comme Mattéo approche encore, le canif pointé vers lui, il se retourne vers le large, et plonge.

Le temps de retirer ses habits, ses chaussures, et de coincer l'Opinel dans son maillot, Mattéo plonge avec un retard d'une vingtaine de mètres. L'eau froide le surprend. La fatigue ? La déshydratation ? Il éprouve soudain d'énormes difficultés à nager.

Certes, dans le triathlon, l'épreuve de natation est placée au début. D'habitude, son corps tout frais répond à la moindre de ses impulsions. Il doit prendre de l'avance sur ses concurrents tout en veillant à en garder sous le pied. Mattéo a appris, année après année, à doser son effort. Jacques l'a aussi entraîné à des conditions extrêmes, comme nager en état de fatigue, en inversant l'ordre des disciplines.

Mais ça, c'était à l'entraînement.

Aujourd'hui, tout est vrai. Mattéo se rend vite compte que l'écume laissée par Elias, devant, est de moins en moins visible. Et s'il tourne les bras, maladroitement, comme un chien fou qui a perdu sa belle glisse, ce n'est plus pour le rattraper, mais pour ne pas couler. Mattéo n'est jamais allé si loin dans la douleur, son épuisement n'a jamais été si grand. Aujourd'hui, il ne nage pas pour arriver le premier. Il nage pour survivre.

Salomé

Le canot de la police nous a rejoints au fond de la calanque. Lucas est monté à l'intérieur et ils ont mis le cap sur l'île Verte.

J'aurais tant voulu me trouver à la place de Lucas. Tenter quelque chose, si c'était encore possible, pour raisonner Mattéo. J'avais acquis la certitude qu'il ne pourrait faire aucun mal à Elias, qui lui était supérieur sur le plan physique. En revanche, si les flics le prenaient avec un couteau dans la main, ils l'accuseraient de tentative d'homicide.

J'aurais sauté à terre en premier, je me serais jetée sur Mattéo et je l'aurais giflé, je l'aurais frappé, pincé, griffé, pour qu'il revienne à lui, pour qu'il redevienne le Mattéo que je connais, et que j'aime. Je me serais débrouillée aussi pour faire disparaître le couteau.

Depuis que nous les suivons, c'est pour Mattéo que j'ai peur. Elias, lui, n'appartient pas vraiment à notre réalité. C'est une idée, un être parfait, attirant et vide à la fois. Son sourire permanent, son style pur et délié lorsqu'il court, lorsqu'il nage, sa gentillesse, sa joie de vivre, cette lumière qu'il dégage... Rien n'existe vraiment chez lui, il représente un idéal. Et moi je lui en veux. Parce qu'à cause de lui j'ai perdu Mattéo.

Mattéo, lui, est un être de chair. Fragile, impulsif, rancunier, généreux, égoïste... Un être pétri de contradictions. Un humain, quoi.

Je prie. Je prie très fort pour que Lucas parvienne à faire ce que j'aurais fait si j'avais été à sa place : subtiliser le couteau.

Après s'être hissé sur les rochers glissants qui bordent l'île Verte, Elias se retourne. Et il aperçoit deux choses, simultanément : Mattéo, qui suffoque à quelques mètres des rochers, et là-bas, fonçant sur eux, la vedette de la police. Dans deux minutes, tout sera fini, pense-t-il. Tout sera fini selon plusieurs scénarios possibles : Mattéo aura la force de nager jusqu'ici mais il ne pourra pas monter sur la rive et la police le recueillera, découvrant l'Opinel dans son maillot. Ou bien : Elias devra l'aider dans les derniers mètres et le hisser sur les rochers, au risque de se prendre un coup de couteau. Car, contrairement à ce que pensent les autres, il n'est qu'un humain. Il n'est pas doté de pouvoirs magiques, et rien ne le protège d'un mauvais coup.

Pourtant, lorsque Mattéo, parvenu à dix mètres de la berge, coule brusquement comme une pierre, Elias prend une grande inspiration et replonge sans hésiter. Avant d'intervenir sur le corps qui s'enfonce, inexorablement, il l'attrape des deux mains par la taille, localise le couteau coincé sous le cordon du maillot, s'en saisit, et le pousse loin d'eux, vers les profondeurs. Puis il agrippe Mattéo sous les aisselles. Alors, ondulant doucement, le visage tourné vers la lumière, les deux garçons remontent à la surface.

Lucas

Mattéo avait l'air tellement épuisé dans les bras d'Elias, tellement lourd et mou, démantibulé, rapetissé, que je n'ai pas remarqué la propre fatigue d'Elias. Il a reculé à tout petits pas, s'est baissé avec précaution pour allonger Mattéo sur la berge, et s'est laissé aller en arrière, bras en croix ; j'ai vu sa poitrine se soulever, et tout son corps se détendre dans un très long soupir.

Le policier qui a sauté à terre le premier a inspecté les deux garçons du regard. Puis il s'est tourné vers moi.

– Le couteau, c'est lequel ?

J'ai aussitôt regretté mon coup de fil. J'ai regretté d'avoir douté de la faculté d'Elias à se sortir seul de la situation. À cause de moi, Mattéo allait devenir un accusé.

Comme le policier me scrutait de manière insistante, j'ai levé lentement le bras pour désigner Mattéo du bout de l'index. Et j'ai eu cette vision très précise : celle d'un traître, comme on en voit dans les films de série B, un traître plantant une lame dans le cœur de son meilleur ami. Alors j'ai rangé mon bras le long de mon corps et j'ai bredouillé :

– Je sais plus.

Le visage de l'homme s'est métamorphosé en énorme point d'interrogation.

– Vous ne savez plus ?

Les deux autres m'ont regardé d'un même air. Leurs yeux éclaboussaient eux aussi des points d'interrogation. Et là, l'illumination. Tellement forte que j'en aurais presque exulté.

– Je sais plus si c'était un couteau.

Pour le coup, je me suis trouvé assez bon.

– C'était peut-être un morceau de bois, j'ai pas bien vu.

Le silence s'éternisait.

– J'ai exagéré, voilà. Je préférais vous avertir parce que j'avais peur que ça finisse mal.

Les trois hommes m'ont lâché du regard. Celui qui avait sauté le premier s'est baissé, il a tâté le pouls de Mattéo. Puis il a levé les yeux vers moi. Des yeux fixes et inquisiteurs. Ensuite, il s'est tourné vers ses collègues.

– Il faudra me le cuisiner un peu, celui-là. Il ne nous dit pas tout.

De cet instant, je n'ai plus appréhendé la réalité normalement. J'avais l'impression de visionner la scène à plusieurs mètres de distance. Les sons me parvenaient comme depuis le fond d'un couloir. Les hommes s'affairaient auprès de mes deux copains, ils les hissaient dans l'embarcation, inspectaient les alentours. Une fois tout le monde à bord, le pilote a mis les gaz.

Camille

Ce qui m'a frappée en voyant revenir le canot, c'est l'attitude de Lucas. Il se tenait à l'arrière, recroquevillé sur lui-même. On aurait pu croire qu'il boudait, ou qu'il était choqué. Je connais bien mon Lulu, je l'ai rarement vu dans cet état.

Sur le moment, j'ai eu peur qu'il se soit passé quelque chose de grave. Un coup de couteau, une noyade. D'où on était, on avait vu Elias sortir Mattéo de l'eau, mais très mal. Le canot nous avait caché la suite.

Puis assez vite, j'ai distingué les deux autres assis au fond de l'embarcation, blancs comme des linges. Les yeux de Mattéo papillonnaient comme de drôles de petits insectes, il respirait la bouche grande ouverte et ses membres ne s'arrêtaient pas de trembler, mais il vivait. Quant à Elias, lui aussi grelottait mais son regard n'était pas aussi fixe. Lorsque le canot a été près du bord, il a aperçu Eva. Un faible sourire s'est dessiné sur ses lèvres. Je me suis tournée vers elle, et juste avant qu'elle ne l'essuie du revers de la manche, j'ai deviné une larme sur sa joue. Elle avait le même sourire qu'Elias à cet instant.

Lucas a relevé la tête. Il m'a fixée, désemparé, désolé, désespéré. J'ai eu l'impression qu'on l'avait dépossédé de pas mal de choses. Jusqu'à ce qu'il m'adresse un clin d'œil. Un pauvre clin d'œil en vérité, mais c'était au moins un signe positif, du genre ne t'inquiète pas, ça va s'arranger, peut-être pas tout de suite mais ça va s'arranger. Et dans cet optimisme fou, je reconnaissais tout à fait mon Lucas.

J'ai compris que ce qui l'avait rapproché d'Elias, c'était cette faculté à se tourner résolument vers l'avant, en toute circonstance, pour se ménager des plages d'espoir.

Johann

Pour Lucas, les choses ont été assez pénibles. Les flics l'ont cuisiné pendant le trajet jusqu'à l'hôpital. Ils trouvaient bizarres ses contradictions, voulaient en savoir davantage sur ce fameux couteau. Mais comme Elias lui-même a prétexté un pari idiot pour motif de cette course folle, confirmant qu'il n'y avait jamais eu de couteau, seulement un morceau de bois que Mattéo avait agité sur quelques mètres en faisant semblant de le menacer, ils ont fini par croire Lucas. Ils ont sans doute pensé qu'il avait voulu se venger de son ami, pour quelque obscure raison, et qu'il s'était rétracté en réalisant la gravité de ses accusations. Une bêtise de gamin.

À l'hôpital de La Ciotat, l'équipe médicale n'a pas mis longtemps pour établir un diagnostic : les deux garçons étaient juste très fatigués. Aucune lésion profonde, aucune perte importante de motricité, aucun danger ne menaçait leur santé. Ils étaient allés un peu trop loin, surtout Mattéo, mais leur jeunesse et leur condition physique les avaient préservés. Une bonne nuit de repos pour Elias, peut-être un petit peu plus pour Mattéo, qui devrait de surcroît se réhydrater complètement, et bientôt il n'y paraîtrait plus. Les médecins les ont laissés sortir en les appelant « les deux fous de la basket »...

Sur le parking de l'hôpital, Mattéo n'a pas eu un seul regard pour Elias. Il s'est juste tourné à moitié, et a sifflé entre ses dents :

– Disparais de ma vie.

Il n'a dit ni merci, ni pardon, ni au revoir. Une seule chose avait changé : il n'avait plus envie de le tuer.

Mathilde

Cette histoire nous a tous profondément marqués. Et divisés.

Le soir même, on est allés chercher nos affaires au gîte, puis chacun est rentré chez soi.

Durant le reste des vacances, je n'ai vu personne du groupe. D'anniversaire, il n'a plus été question. Deux jours après la poursuite, j'ai reçu un vague coup de fil de Salomé, qui voulait une précision concernant le bac blanc de maths. Elle n'allait pas très fort, mais avait bon espoir de revoir Mattéo quand les choses se seraient un peu tassées. Le lendemain, un texto collectif de Johann disait à chacun d'entre nous que malgré « le problème du dernier jour », il s'était senti bien avec nous. Lui aussi espérait que les choses se tasseraient.

Je sais que Camille et Lucas se revoient. Ils étaient déjà très proches, et cette histoire les a encore rapprochés. À quel point ? Je l'ignore. Leur relation me semble encore plus compliquée, plus ambiguë que celle de Mattéo et Salomé. Certaines amitiés finissent en amour, d'autres non. Il ne faut pas forcer les sentiments.

Je crois qu'Elias et Lucas se sont revus eux aussi. À mon avis, Lucas devra choisir entre son amitié pour Mattéo, un lien ancien et bancal mais qui jusque-là s'était toujours accommodé de leurs différences, et son amitié nouvelle pour Elias, dont le caractère lui correspond mieux. Elias et Mattéo ne pourront jamais se revoir. Ce n'est pas souhaitable. Même si Mattéo a enterré ses idées meurtrières, sa nature profonde l'éloignera toujours de ce garçon.

Moi aussi, malgré sa gentillesse et la patience qu'il m'a témoignée, je préfère ne pas le revoir. Elias me rappellera toujours cette aventure malsaine, il demeurera celui qui a rompu notre équilibre, et révélé la part la plus mauvaise de Mattéo.

Salomé

Il m'a fallu faire une croix sur la suite du séjour. Une croix sur notre anniversaire en commun, avec Mattéo. Une grosse croix bien rouge sur tout ce que je rêvais de connaître avec lui.

À Sugiton, j'ai eu l'impression que le destin m'accordait quelques instants de bonheur absolu pour me les reprendre aussitôt.

Je ne sais pas ce que Mattéo s'est imaginé. Il m'a crue beaucoup plus faible que je ne le suis. Quand je l'ai connu, à ce stage multisports sur la diététique du sportif, j'étais libre. Il m'arrivait de sortir avec des garçons auxquels je ne m'attachais pas. Mais à seize ans, qui vous oblige à devenir nonne ? Et puis, ces derniers mois, à force de voir Mattéo, je me suis désintéressée des autres mecs. Je ne pensais plus qu'à lui. L'autre jour à Sugiton, durant ces quelques instants derrière le Torpilleur, je me suis sentie vraiment bien. Mieux que jamais.

Mattéo se trompe. Pour lui, j'aurais pu résister à n'importe quel autre gars, même à Elias, et nous aurions vécu des moments très forts.

À présent, je ne sais plus qu'espérer.

Les examens vont nous accaparer. Derniers bacs blancs en maths et en histoire-géo, premières épreuves de langues dans la foulée, derniers réglages concernant notre orientation, doutes, questions cruciales, angoisse de faire de mauvais choix. Mattéo, Eva et Lucas, qui sont passés par là l'année dernière, nous ont raconté.

Faute de mieux, ça fera diversion. Le stress, les révisions, les remarques des profs, encourageantes, blessantes ou simplement maladroites, vont nous donner matière à songer à autre chose qu'à ce qui vient de se passer. Après, quel que soit le résultat de nos examens, il y aura les grandes vacances. Alors nous verrons quels morceaux pourront être recollés. Nous dresserons le bilan de nos amitiés. Et de nos amours.

Lucas

Elias n'appartiendra jamais à notre groupe, si tant est que le groupe subsiste.

Je sais que Mathilde, qu'il a pourtant aidée à dominer ses peurs, ne souhaite pas le revoir. Il est pour elle trop complexe, trop extérieur au monde. Mathilde préfère s'évader entre les pages d'un livre, ou d'un scénario. L'aventure dans la vraie vie, ça lui fait peur.

Salomé, évidemment, ne souhaite pas le revoir non plus. Contrairement à ce que redoute Mattéo, qui n'a rien compris. Simplement, quelque chose en Elias l'a profondément intriguée, et déstabilisée.

Johann, lui, reverra peut-être Elias, si la vie les met de nouveau en présence. Je suppose qu'il se débrouillera pour que Mattéo n'en sache rien.

À la rentrée prochaine, je ne serai pas sur les mêmes bancs que Mattéo. En tant que sportif de haut niveau, il a obtenu une dérogation pour passer sa première année d'études en deux ans. Une manière de ne pas compromettre son avenir professionnel tout en se donnant les moyens de réussir ses échéances sportives (le triathlon, ce n'est pas le foot, il faut apprendre un métier en parallèle). Dès l'an prochain, Mattéo peut intégrer le circuit de Coupe du monde, puis, d'ici trois ans, espérer une sélection aux Jeux olympiques. C'est tout ce que je lui souhaite.

Je ne serai pas non plus dans la même cité U que lui. Avec Camille, Elias et Eva, on a trouvé une colocation dans le centre-ville. Non pas pour fuir Luminy, ce site grandiose et ces calanques que nous aimons tant, mais parce qu'il est devenu évident que Mattéo doit sortir de nos vies. Et si je le croise sur le campus, je détournerai les yeux.

Peut-être que je ne dirai pas toujours ça. Peut-être que, dans un avenir lointain, je referai un pas vers lui. Mais pour l'instant j'ai envie de choisir Elias. Juste Elias.

Parce que ce qui est arrivé à Mattéo, ce coup de folie, ça peut lui arriver encore. C'est comme une épée de Damoclès, une menace sur notre vie à tous. Parfois je me dis que ça s'est passé une fois, une fois pour toutes. Mattéo a déraillé à dix-neuf ans, il a testé ses limites, il ne le fera plus. On peut rêver d'un avenir optimiste. S'il poursuit le sport de haut niveau, il côtoiera des gens exceptionnels, affûtera son caractère au contact de ces champions venus d'ailleurs, deviendra lui aussi quelqu'un d'exceptionnel. C'est sa seule chance de s'améliorer.

Mais en moi le doute subsiste. La lassitude aussi. Quand je revois Mattéo demandant à Elias s'il était musulman, c'est son père que je vois à travers lui. Son racisme, sa franchouillardise grasse. Je ne veux plus endurer le spectacle de la mesquinerie quand je me sens si bien avec des gens comme Elias. Des gens qu'un destin hors normes a rendus meilleurs, de simples humains qu'une expérience a transcendés pour les faire planer loin, très loin au-dessus de l'humanité commune.

Parce que maintenant, je sais.

Eva m'a appelé hier. Elle m'a raconté la véritable histoire d'Elias.

Eva

Elias est un survivant qui a puisé au fond de lui l'énergie de vivre plus fort que tout le monde.

En sortant de l'hôpital, je l'ai emmené chez moi, à Aix. Il ne voulait pas rentrer à Marseille, son oncle était absent pour quelques jours et il appréhendait de se retrouver seul après ce qui s'était passé. Il avait besoin de parler.

Elias a parlé toute la nuit. C'était comme un murmure près de moi, qui ne tarissait pas. Parfois, il hésitait, renonçait à achever une phrase. Il m'a raconté sa longue fuite. Ces journées de course, sur terre et sur mer, dont il est sorti grâce à son corps. Son corps que pendant plusieurs années il avait entraîné à fuir.

Elias a vu trop de gens mourir, voilà pourquoi il refuse tout ce qui peut causer la mort : la cigarette, l'alcool, le combat. Il est arrivé à saturation de mort.

Elias faisait du sport dans son pays. De l'athlétisme. Il n'était pas le meilleur mais s'en sortait pas mal. Son coach appliquait des méthodes efficaces, lui-même avait été un athlète de niveau international et avait appris au contact des plus grands. Il se tenait informé des nouvelles méthodes d'entraînement, possédait de solides connaissances en physiologie et en anatomie. Mais comment entraîner des gamins dans de bonnes conditions quand le stade est réquisitionné par l'armée ? Comment sortir des champions quand des snipers sont embusqués dans les immeubles, le long de l'itinéraire que vous empruntez pour vous rendre au stade ? Quand un bus incendié en obstrue le chemin ? Quand, tout autour, la mort frappe, par le gaz, par les balles ou le couteau ? Comment pratiquer le sport de haut niveau au milieu des bombes ?

Elias a continué à fréquenter le club, lorsque c'était possible. Quand la séance était annulée, il faisait son propre entraînement, tout seul, en appliquant les conseils de son coach. Pour se vider la tête, et parce qu'il pensait qu'une bonne condition physique l'aiderait à survivre dans un pays où les corps sont exposés aux pires traitements.

Peu à peu, Elias s'est orienté aussi vers la natation. Il regardait la mer tous les jours, la tête pleine de ces histoires de migrants noyés, abandonnés sur des rafiots pourris. Alors, peu à peu, il s'est habitué à l'idée que son corps, un jour, serait le véhicule le plus sûr pour fuir. Car il fuirait. Beaucoup en parlaient autour de lui. Des histoires horribles circulaient. Des histoires de passeurs crapuleux qui, pour des sommes exorbitantes, envoyaient à la mort des centaines de personnes. Nombre de ces histoires avaient circulé de bouche en bouche, accumulant un limon nauséabond qui se gonflait comme un ruisseau. Mais pourquoi ne pas y croire quand la réalité regorgeait elle-même de cadavres, de meurtres, de tant d'horreurs véritables ?

Elias était averti, pourtant l'envie de fuir était ancrée en lui. Sa volonté triompherait des passeurs mal intentionnés, elle balaierait les tempêtes et tous les obstacles qui se dresseraient sur sa route.

– Celui qui gagne, c'est celui qui a la tête la plus solide.

La phrase de son entraîneur résonnait chaque jour dans son esprit. Elias voulait vivre, et vivre, dans son pays, ça passait par là : être fort. Plus fort que la mort.

Quand il a pris la décision de partir, il nageait quotidiennement depuis deux ans. Des séances d'une heure trente, complétant son planning d'athlétisme. Au début, avant que la piscine ne s'écroule sous les bombes, il avait effectué de longues séances avec les nageurs du club. Puis il avait continué tout seul, à la mer. Les premiers temps, un de ses anciens camarades de bassin l'accompagnait, mais il n'avait pas le goût de nager comme ça, en eau libre, sans chronomètre. C'était beaucoup moins motivant, il lui manquait un but.

Elias, lui, savait très clairement pourquoi il nageait. Pour passer. Pour passer le bout de mer qui le séparait de la survie. Il en était persuadé : de l'autre côté, il y avait la vie. La mer séparait la vie et la mort. S'il la franchissait, Elias ne pourrait plus mourir.

Il avait un oncle, quelque part dans le sud de la France, qui avait effectué le voyage avant lui. Au moment de partir, cet oncle avait tenté une nuit entière de persuader les parents d'Elias de l'accompagner. Elias s'en souvenait très nettement, à la fin de la nuit, l'oncle s'était levé, il avait regardé son père au fond des yeux, et, la voix tremblante, il avait déclaré :

– Tu vas mourir.

Les parents d'Elias avaient préféré rester. Et ils étaient morts.

Elias en avait la conviction profonde : en restant chez lui, il mourrait, comme son père, sa mère et sa petite sœur, écrasés dans l'effondrement de leur immeuble, un soir où il alignait les tours de stade.

C'est ici, à Marseille, qu'il est devenu encore plus fort. Il court le soir, et le week-end, pendant des heures, pour se sentir vivant. Elias puise tout au fond de lui cette force de vie, comme d'une fontaine miraculeuse. Il vit. À deux cents pour cent.

Reprendre le sport en compétition ? Il y pense. Pour l'instant, il n'a pas effectué les démarches. Il a peur de ne pas rentrer dans le moule. De sa pratique solitaire, Elias a développé une philosophie et des méthodes qui lui conviennent en propre. En intégrant une structure, il lui faudrait forcément changer, s'adapter, et il n'est pas encore prêt à remettre en question ce qui lui a sauvé la vie.

Voilà ce que je sais de toi, Elias. J'ignore encore beaucoup de choses. Par exemple comment tu as pu apprendre aussi bien notre langue, en seulement dix-huit mois. Tu as peut-être appliqué à ton esprit la même discipline qu'à ton corps. Et tu y as ajouté, à très forte dose, le plaisir d'apprendre.

Je crois que, après ce que tu as vécu là-bas, tu as ressenti la nécessité absolue de t'ouvrir. Ouvrir ton corps et ton esprit au plaisir de chaque instant. Voilà pourquoi tu apprends comme une éponge, voilà pourquoi tu parviens à goûter chaque geste, chaque couleur, chaque son. Conscient que chaque seconde supplémentaire qui t'est donnée représente un cadeau. Tu t'émerveilles de tout, en éternel survivant.

Tu as tant de choses à m'apprendre, Elias. Depuis que je te connais, je trouve la vie meilleure. Alors, moi, de tout mon cœur, je t'accueille. Et je ne t'accueille pas par pitié. Je t'accueille parce que ta vie rend la mienne plus vivante.

Merci à Julianne et Joël Grossiord pour leur avis médical, et à Laurent Jeanselme pour son œil de triathlète.

Bravo Mamie,
Tu as lu ce livre
Jusqu'au bout

L'auteur

Né à Oran en 1971, Roland Fuentès a passé son enfance en Algérie et sa jeunesse en Provence. Il a enseigné l'allemand à mi-temps pendant dix ans, employant l'autre partie de son temps à écrire des nouvelles et des romans, d'abord pour adultes – entre autres *Douze Mètres cubes de littérature* (éd. du Rocher, 2003, prix Prométhée de la nouvelle), *La Bresse dans les pédales* (Nykta, 2005), *Le Passeur d'éternité* (Les 400 coups, 2007) – puis pour la jeunesse. Depuis 2007, il se consacre entièrement à l'écriture.

Du même auteur

Aux éditions Syros :

L'Échange, coll. « Tempo », 2007

Tonton Zéro, coll. « Mini Syros Romans », 2008

Les Voleurs de vent, coll. « Les uns les autres », 2008

Tics olympiques, coll. « Tempo », 2009

Un écrivain à la maison, coll. « Tempo », 2010
Sélectionné par le ministère de l'Éducation nationale

La Balle de match, coll. « Mini Syros Romans », 2011

Au bord de la ville, hors-série, 2011
Sélectionné par le ministère de l'Éducation nationale

Dépêche-toi, tonton !, coll. « Mini Syros Romans », 2013

Un écrivain dans le jardin, coll. « Tempo », 2013

Tonton Zéro, chouchou de la télé, coll. « Mini Syros Romans », 2015

L'Écrivain clémentine, coll. « Mini Syros Romans », 2015

Martin et la mysteriöse Kreatur, coll. « Tip Tongue », 2016

La Citadelle de glace, coll. « Tempo », 2017

Quatre Fantômes im neuen Berlin, coll. « Tip Tongue », 2017

Chez d'autres éditeurs :

Charlepogne et Poilenfrac (illustré par Olivier Tallec), éd. Le Baron Perché, 2007

Un amour sur mesure (illustré par Marjorie Pourchet), éd. Nathan, 2008

Le Tonneau volant (illustré par Pauline Duhamel), éd. Rageot, 2009

La Dédicace, éd. Cornelsen, 2009

L'Arbre à chatouilles (illustré par Florian Thouret), éd. Rageot, 2009

Le Bureau des mots perdus (illustré par Benjamin Adam), éd. Nathan, 2010

Prix 2011 de la revue L'École aujourd'hui

Prix littéraire des écoliers de Rillieux-la-Pape 2012

L'Enfant qui n'avait pas de nom (illustré par Raphaëlle Michaud), éd. Rageot, 2011

Monsieur Cabosse (illustré par Pascal Lemaître), éd. Nathan, 2012

Au royaume des moustaches (illustré par Vincent Wagner), éd. Rageot, 2012

Le Livre qui fuit (illustré par Amandine Laprun), éd. Nathan, 2016

Un amour sur mesure (version album, illustrée par Alexandra Huard), éd. Nathan, 2017

MIXTE
Papier issu de sources responsables
FSC® C022030

Achevé d'imprimer sur Roto-Page en décembre 2017
par l'Imprimerie Floch (53100, Mayenne, France)
N° d'impression : 92024